KB235775

꼬마 니콜라와 친구들

장 자크 상페 그림 르네 고시니 글

꼬마 니콜라와 친구들

문학동네

차례

안경을 낀 클로테르 7   시골 별장 19   색연필 29

캠핑 놀이 37   라디오 인터뷰 47   마리 에드비주 57

우표 수집 67   마술사 맥상 77

비 오는 날 87

체스 95

엑스레이 촬영 105

새로 생긴 서점 117

병이 난 뤼퓌스 127

육상 경기 137

암호 147

마리 에드비주의 생일 155

안경을 낀 클로테르

오늘 아침 클로테르가 학교에 왔을 때, 우리는 깜짝 놀랐다. 안경을 끼고 있어서 말이다. 클로테르는 좋은 친구이긴 하지만 반에서 꼴찌다. 그래서 안경을 끼게 된 것 같았다.

"엄마 아빠하고 병원에 갔더니 의사 선생님이 내게 안경을 사주라고 했어. 내가 꼴찌만 하는 게 칠판이 잘 안 보여서 그런 걸 수도 있다면서 말이야. 그래서 안경점에 갔더니, 안경점 아저씨가 기계로 내 눈을 들여다보더라. 아프진 않았어. 그리고 나서는 아무 뜻도 없는 글자들을 이것저것 읽어보라고 하더니, 그런 다음에 안경을 씌워줬어.

그러니까 짠! 이제 난 꼴찌 안 할 거야."

클로테르가 설명했다.

그 이야기를 듣고 난 조금 놀랐다. 칠판이 잘 안 보이는 건 클로테르가 수업 시간에 졸아서 그런 건데 말이다. 하긴 안경을 끼면 자는 데 좀 방해가 되긴 할 거다. 말이 나왔으니 말인데, 우리 반에서 안경을 낀 사람은 아냥 한 명뿐이다. 아냥은 우리 반 일등이다. 하지만 안경을 껴서 마음대로 때려줄 수도 없다.

아냥은 클로테르가 안경을 끼고 온 걸 보더니, 기분 나빠했다. 담임 선생님의 귀염둥이인 아냥은, 다른 애한테 일등 자리를

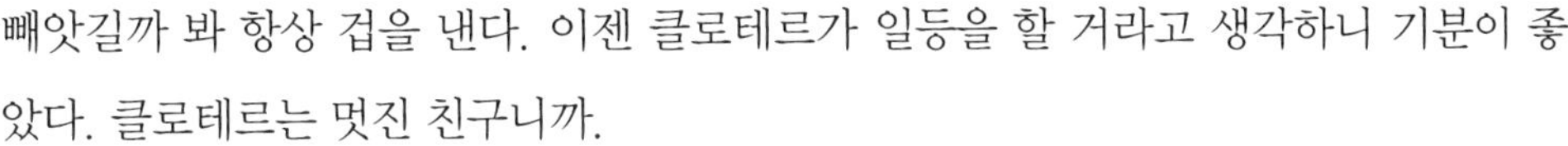

빼앗길까 봐 항상 겁을 낸다. 이젠 클로테르가 일등을 할 거라고 생각하니 기분이 좋았다. 클로테르는 멋진 친구니까.

"나 안경 낀 거 보이지? 이제부턴 내가 일등을 할 거야. 세계 지도를 가져오거나 칠판을 닦는 일도 내가 할 거라구! 용용 죽겠지!"

클로테르가 아냥을 놀려댔다.

"아냐! 아냐! 말도 안 돼! 일등은 나란 말이야! 넌 안경을 끼고 올 자격이 없어!"

아냥이 말했다.

"웃기지 마! 나도 자격이 있다구! 너만 귀염둥이 하란 법 있어? 용용 죽겠지!"

클로테르가 말했다.

클로테르가 안경을 껴어!
클로테르가 안경을 꼈잖아!
클로테르가 안경을 꼈잖아!
클로테르가 안경을 꼈잖아!
클로테르가 안경을 꼈잖아!
클로테르가 안경을 껴어!
클로테르가 안경을 껴어!
클로테르가 안경을 꼈다구!
좋겠다!
안경 멋진데!
클로테르가 안경을 껴어!

"나도 아빠한테 안경 사달라고 할 거야. 나도 일등 할 거라구!"

뤼퓌스가 끼어들었다.

"우리, 전부 다 아빠한테 안경 사달라고 하자. 그럼 모두들 일등 하고 귀염둥이도 될 테니까!"

조프루아가 소리쳤다.

그 다음은 아주 끔찍했다. 아냥이 큰 소리로 울음을 터뜨리며 난리를 치기 시작한 거다. 아냥은 우리가 모두 사기꾼들이며, 일등을 할 자격이 없다고, 경찰에 고소해버릴 거라고 외쳤다. 그뿐이 아니었다. 아무도 자기를 좋아하지 않으며, 자기는 아주 불행하다고, 그러니 자살해버릴 거라고 소리를 질렀다.

소동이 일어난 걸 보고 부이옹 선생님이 달려왔다. 부이옹 선생님은 우리 학교 학생주임 선생님이다. 왜 그런 별명이 붙게 되었는가는 나중에 이야기하겠다.

"거기 무슨 일이야? 아냥! 왜 우는 거지? 자, 내 눈을 똑바로 보고 대답해봐!"

부이옹 선생님이 소리쳤다.

"얘네들이 전부 안경을 끼겠다잖아요!"

아냥이 훌쩍이며 말했다.

부이옹 선생님은 아냥을 가만히 쳐다보더니, 다시 우리를 보았다. 그리고 나서 입가를 문지르면서 말했다.

"모두들 내 눈을 잘 봐! 너희들이 하는 말이 무슨 소리인지는 알고 싶지도 않다. 한 가지 말해둘 건 또다시 싸우는 소리가 들려오면 모두 엄벌에 처하겠다는 거야! 아냥은 가서 물 한 잔 마시고 와라. 모두들 내 말 명심해!"

부이옹 선생님은 우는 아냥을 데리고 가버렸다.

"수업 시간에 선생님이 문제 풀라고 불러낼 때 네 안경 좀 빌려줄 수 있니?"

내가 클로테르에게 물었다.

"그래, 시험볼 때도!"

맥상이 끼어들었다.

"시험볼 땐 내가 껴야지. 내가 일등을 못 하면 남에게 안경을 빌려준 걸 아빠가 알게 될 거고, 그러면 문제가 생길 거라구. 우리 아빤 남한테 물건을 빌려주는 걸 좋아하지 않거든. 하지만 선생님이 수업 시간에 질문할 땐 빌려줄 수 있을 거야."

클로테르가 말했다.

클로테르는 참 멋진 친구다. 나는 당장 한번 껴보자고 했다. 클로테르가 안경을 건네주었다. 그걸 끼고 어떻게 일등을 할 수 있다는 건지 이해할 수가 없었다. 안경을 끼자 세상이 온통 거꾸로 보였고, 아래를 내려다보니 발이 얼굴에 바싹 붙어 있는 듯한 느낌이 들었으니 말이다. 나는 안경을 벗어 조프루아에게 건네주었다. 조프루아는 뤼퓌스에게 넘겼고, 뤼퓌스는 조아생에게, 조아생은 다시 맥상에게 넘겼다. 그리고 맥상

은 외드에게 던져주었다. 외드는 사팔눈을 해서 우리를 웃겼다. 알세스트도 안경을 껴 보고 싶어했다. 하지만 문제가 있었다.

"넌 안 돼. 손에 버터가 잔뜩 묻었잖아. 네가 만지면 안경이 더러워져서 보이지도 않을 거야. 보이지도 않을 안경은 껴봐서 뭐해? 안경 닦는 게 얼마나 힘든 줄 알아? 바보 같은 녀석이 버터 묻은 손으로 안경을 더럽혀서 내가 또 꼴찌를 한다면, 그건 말도 안 된다구. 또 꼴찌 하면 아빠가 텔레비전도 못 보게 할 거란 말야!"

클로테르는 이렇게 말하고는 자기 안경을 챙겼다.

"그럼 버터 묻은 손으로 얼굴 한 대 맞아볼래?"

기분이 나빠진 알세스트가 말했다.

“날 때릴 순 없을걸. 난 안경을 꼈으니까 말야. 메롱!”

클로테르가 대답했다.

“그래? 그럼 안경 벗어봐!”

알세스트가 소리쳤다.

“그렇겐 안 되지.”

클로테르가 혀를 낼름거리며 말했다.

“흥! 반에서 일등 한다는 녀석들은 다 똑같군! 순 겁쟁이야!”

알세스트가 소리쳤다.

“겁쟁이라고? 내가?”

클로테르도 맞받아 소리쳤다.

“그래! 안경 못 벗는다고 했으니까.”

알세스트가 말했다.

“좋아. 누가 겁쟁이인지 한번 보자구!”

클로테르가 안경을 벗으며 말했다.

둘 다 머리끝까지 화가 난 것 같았다. 하지만 싸움은 일어나지 않았다. 부이옹 선생님이 달려왔기 때문이다.

"또 뭐야?"

선생님이 물었다.

"저 녀석이 저는 안경 끼면 안 된다잖아요!"

알세스트가 대답했다.

"알세스트가 먼저 제 안경에 버터를 묻히려고 했어요!"

클로테르가 소리쳤다.

부이옹 선생님은 두 손으로 얼굴을 감싸더니 아래로 쓸어내렸다. 선생님이 이런 동작을 할 때 까불면 큰일난다.

"둘 다 내 눈을 잘 봐! 또 무슨 수작인지는 모르겠지만, 하여튼 지금부터는 안경의 '안' 소리도 듣고 싶지 않아! 그리고 너희들에게 내일까지 해올 숙제를 내주겠다. '쉬는 시간에 엉뚱한 소리를 지껄이거나 말썽을 일으켜서 학생주임 선생님을 귀찮게 하면 안 됩니다.' 이 문장에 사용된 모든 동사를 직설법의 모든 시제로 변화*시켜와."

부이옹 선생님은 이렇게 말하고 나서 수업 시작 종을 치러 갔다.

줄을 서서 교실로 들어갈 때 클로테르는 알세스트에게 손만 깨끗하다면 안경은 언

---

* 불어의 동사는 6개 인칭에 대해 8개의 시제와 4개의 법에 따라 각각 다른 어미 변화를 하며, '법'에는 직설법, 조건법, 명령법, 접속법이 있다. (옮긴이)

제든지 빌려주겠다고 했다. 클로테르는 역시 좋은 친구다.

다음은 지리 시간이었다. 수업중에 클로테르는, 알세스트가 윗도리에 손을 쓱쓱 문질러 닦는 것을 보고 난 후 안경을 건네주었다. 알세스트도 드디어 안경을 껴볼 수 있게 된 거다. 하지만 알세스트는 정말 운이 없었다. 담임 선생님이 코앞까지 와 있는 걸 못 본 거다.

"얼빠진 짓 그만둬요, 알세스트! 사팔뜨기 흉내 같은 것 내면 못써요! 도대체 언제나 철이 들까! 교실 밖에 나가 서 있어요!"

담임 선생님이 큰 소리로 야단을 쳤다.

알세스트는 안경을 낀 채 복도로 쫓겨났다. 나가면서 하마터면 문에 부딪힐 뻔했다. 이어 선생님은 클로테르를 칠판 앞으로 불러내 질문을 했다.

물론, 안경이 없어서 제대로 대답을 하지 못했다. 클로테르는 또 빵점이었다.

시골 별장

지난 일요일, 우리 가족은 봉그랭 씨가 새로 마련한 시골 별장에 초대를 받았다. 봉그랭 씨는 아빠가 일하는 사무실에서 회계를 담당하는 아저씨다. 아저씨에게는 내 또래의 아들이 있다. 이름이 코랑탱인데, 아주 착하다고 했다.

시골에 가는 걸 굉장히 좋아하는 나는 기분이 들떠 있었다. 아빠가 엄마와 나에게 아저씨의 별장에 대해 이야기해주었다. 봉그랭 아저씨는 최근에 그 별장을 샀으며, 아저씨 설명에 따르면 그 별장은 우리가 사는 도시에서 그다지 멀지 않다는 거였다. 봉그랭 아저씨가 전화로 아빠에게 별장 가는 길을 가르쳐주었다. 아빠는 열심히 종이에

받아 적었다. 옆에서 들으니 별장에 가는 건 누워서 떡 먹기였다. 곧장 가다가 첫번째 신호등에서 좌회전하면 철교 아래로 들어가게 되고, 계속 직진하다가 네거리가 나오면 왼쪽 길로 가서 다시 좌회전하고, 커다란 하얀색 농가가 나오면 우회전해서 비포장 도로로 접어든다. 거기서 쭉 직진하다가 주유소가 나온 후 왼쪽으로 돌면 되었다.

아빠, 엄마, 그리고 나는 아침 일찍 차를 타고 길을 나섰다. 아빠는 유쾌하게 노래를 흥얼거리다가, 길에 차들이 많아지자 노래부르기를 그만두었다. 차가 좀처럼 앞으로 나가지 않았다. 그러다가 그만 좌회전해야 할 신호등을 지나치고 말았다. 아빠는 다음 번 네거리에서 유턴해서 돌아오면 되니까 괜찮다고 했다.

하지만 다음번 네거리에는 아저씨들이 모여 공사를 하고 있었고, '공사중 우회' 라는 푯말이 붙어 있었다. 그러는 바람에 우리는 길을 잃게 되었다. 엄마가 큰 소리로 아빠에게 따졌다. 아빠도 소리를 질렀다. 엄마가 종이에 적어놓은 길 이름을 잘못 불러주었다는 거였다. 아빠가 지나가는 사람들에게 길을 물었지만, 아는 사람이 아무도 없었다. 우리는 한참을 헤매다가 점심때가 다 되어 봉그랭 아저씨네 별장에 도착했다. 엄마 아빠의 말싸움도 그제서야 끝이 났다.

봉그랭 아저씨가 나와서 대문을 열어주었다.

"아이고, 누가 도시 사람 아니랄까 봐! 아침 일찍은 못 일어나시지?" 아저씨가 말했다.

아빠가 사실은 오면서 길을 잃었다고 말했다. 그러

자 봉그랭 아저씨는 믿을 수 없다는 표정으로 말했다.

"어떻게 그렇게 된 거지? 그냥 똑바로만 오면 되는데."

이윽고 아저씨는 우리를 집 안으로 안내했다.

봉그랭 아저씨네 별장은 정말 멋있었다! 그렇게 크진 않았지만, 어쨌든 내 맘에 쏙 들었다.

"잠깐만 기다려요. 우리 마나님을 불러올 테니. 클레르! 클레르! 손님들이 도착했어요!"

아저씨가 말했다.

안에 있던 아줌마가 거실로 나왔다. 아줌마는 눈이 빨갛게 된 채 기침을 하고 있었고, 앞치마에는 검은 얼룩이 잔뜩 묻어 있었다. 아줌마가 말했다.

"죄송해요. 악수를 할 수가 없네요. 온통 숯투성이라서요. 아침 내내 아궁이에 불을 피우고 있는데, 좀처럼 안 되네요!"

"뭐, 부엌이 좀 시골식이긴 하지만, 그게 바로 전원생활이잖소! 아파트에서처럼 가스 레인지를 쓸 수야 없지."

봉그랭 아저씨가 빙그레 미소를 지으며 말했다.

"왜요?"

봉그랭 아줌마가 물었다.

"이십 년만 기다려요. 이 별장 사느라 융자한 돈 다 갚고 나서 이야기합시다."

봉그랭 아저씨는 말을 마치고 나서 다시 한번 씩 웃었다.

하지만 봉그랭 아줌마는 웃지 않았다. 다시 부엌으로 들어가며 이렇게 말했을 뿐이다.

"실례할게요, 점심 준비를 해야 해서요. 점심 식사도 굉장히 시골식이 될 것 같네요."

"그런데 코랑탱은 어디 나갔어?"

우리 아빠가 물었다.

"아니. 자기 방에 있어. 벌받는 중이야. 그 녀석이 오늘 아침에 일어나자마자 무슨 짓을 했는지 아나? 알 리가 없지. 나 원 세상에, 나무에 올라가서 자두를 따는 거야! 말이 되나? 나무들도 다 돈 주고 산 건데 말야. 재미 삼아 가지나 부러뜨리려고 그 비싼 돈을 들인 건 아니란 말일세. 그렇지 않은가?"

하지만 봉그랭 아저씨는 나도 오고 했으니 한 번만 봐줘야겠다고 했다. 그리고는 나에게, 나는 착한 아이일 테니 재미 삼아 정원이랑 텃밭을 망쳐버리는 일은 없을 거라고 했다.

코랑탱이 와서 우리 엄마 아빠에게 인사를 했고, 나하고는 악수를 했다. 꽤 괜찮은 애 같았지만, 학교 친구들보단 못했다. 우리 학교 친구들은 세상에서 제일 멋진 친구들이니까 말이다.

"우리, 정원에 나가 놀까?"

내가 코랑탱에게 물었다.

코랑탱은 자기 아빠를 쳐다보았다.

아저씨가 말했다.

"나라면 그렇게 안 하겠다, 곧 식사 시간이니까 말야. 그리고 난 너희들이 진흙발로 집 안을 더럽히는 건 싫다. 청소하느라고 아침 내내 엄마가 얼마나 고생했는지 너도 잘 알지?"

코랑탱과 나는 할 수 없이 자리에 앉았다. 어른들이 음료수를 마시는 동안 우리는 잡지를 읽었다. 잡지는 벌써 집에서 다 본 것이었다. 게다가 봉그랭 아저씨가 밖에 나가 있다가 늦게서야 들어와 음료수를 마셨기 때문에 여러 번 되풀이까지 하면서 읽어야 했다. 한참을 기다린 후에야 봉그랭 아줌마가 나타나 앞치마를 풀며 말했다.

"더이상 어쩔 수 없군…… 자, 이제 식사하시죠!"

오르되브르(정식 서양 요리에서 수프가 나오기 전에 식욕을 돋우기 위해 먹는 간단한 요리—옮긴이)로 토마토가 나오자 봉그랭 아저씨는 별장 텃밭에서 딴 거라고 자랑했다. 아빠가 웃으며, 토마토가 아직 파란 걸 보니 너무 일찍 딴 것 같다고 말했다. 봉그랭 아저씨는 그럴 수도 있다면서, 완전히 익지 않은 건 사실이지만 시장에서 파는 토마토와는 맛이 다를 거라고 했다. 나는 토마토와 같이 나온 정어리 통조림이 맛있었다.

이어 봉그랭 아줌마가 구운 고기를 내왔다. 아주 재미있는 요리였다. 겉은 완전히 까맸지만 속은 하나도 익지 않았던 거다.

"이건 못 먹겠어요. 난 날고기는 안 좋아한다구요!"

코랑탱이 외쳤다.

봉그랭 아저씨는 눈을 부릅뜨고 코랑탱을 쳐다보며, 벌받기 싫으면 다른 사람들처

럼 토마토도 먹고 고기도 먹으라고 했다.

고기 요리에 곁들여 나온 감자는 별로 인기가 없었다. 너무 딱딱했기 때문이다.

점심을 먹고 난 후, 모두 거실로 나와 앉았다. 코랑탱은 다시 잡지를 집어들었고, 봉그랭 아줌마는 우리 엄마하고 이야기를 했다. 아줌마는, 시내에 있는 집에 일봐주는 사람이 한 명 있긴 하지만, 일요일마다 시골까지 따라 내려와 일하려고 하지는 않는다고 말했다. 봉그랭 아저씨는 아빠한테 별장 사는 데 든 돈 액수를 이야기하고, 얼마나

싸게 산 것인지도 설명했다. 나는 어른들 하는 말이 하나도 재미가 없어서, 코랑탱에게 날씨도 좋으니 나가서 놀자고 했다. 코랑탱이 쳐다보자, 봉그랭 아저씨가 말했다.

"물론 좋지, 애들아. 하지만 한 가지만 조심해라. 잔디밭에는 들어가지 말고 바깥에서만 노는 거야. 그럼 재미있게 놀다 와라, 말썽 부리지 말고."

우리는 밖으로 나갔다. 코랑탱이 구슬치기를 하자고 했다. 구슬치기라면 나도 좋아한다. 내가 꽉 잡고 있는 놀이니까 말이다. 코랑탱과 나는 잔디밭 사이의 통로에서 구슬치기를 했다. 통로는 딱 하나뿐이었고, 별로 넓지도 않았다.

내가 구슬을 던지려고 하는데 코랑탱이 말했다.

"조심해! 하나라도 잔디밭에 들어가면 다시는 못 꺼낼 거라구!"

이런 말 하는 건 좀 그렇지만, 코랑탱은 엄청 몸을 사렸다. 이어서 코랑탱이 구슬을 던졌는데, 그만 내 구슬을 지나쳐 잔디밭에 가서 떨어졌다. 덜커덕, 하고 창문이 열리더니, 봉그랭 아저씨가 잔뜩 찌푸린 새빨간 얼굴을 내밀었다.

"코랑탱! 잔디밭 망치지 말라고 몇 번이나 말했어! 정원사가 그거 다듬는 데 몇 주일 걸렸는지 알아? 하여튼 넌 시골에만 오면 천방지축이 되는구나! 썩 들어오지 못해! 네 방에 가서 저녁 먹을 때까지 꼼짝 말고 있어!"

아저씨가 소리질렀다.

코랑탱은 울면서 자기 방으로 갔다. 나도 뒤따라 집 안으로 들어갔다.

우리는 봉그랭 씨 별장에 그렇게 오래 머물지는 않았다. 아빠가 차가 붐빌 때를 피해서 좀 일찍 떠나자고 말했기 때문이다. 봉그랭 아저씨는 자기네도 그래야겠다고, 아줌마가 집 청소를 끝내는 대로 돌아가야겠다고 했다.

봉그랭 아저씨와 아줌마는 자동차까지 우리를 배웅해주었다. 엄마 아빠는 봉그랭 씨 부부에게, 잊지 못할 멋진 하루를 보내게 해주어 고맙다고 인사했다. 아빠가 시동을 막 걸려는 순간, 봉그랭 아저씨가 차 문 옆에 바짝 다가서며 말했다.

"자네도 나처럼 전원별장을 마련하지 그러나? 물론, 나 한 몸만 생각하면 별장 없이도 충분히 지낼 수 있지. 하지만 사람이 자기 생각만 하면 못쓰는 법이라네. 부인과 애들한테 전원별장이 얼마나 좋은지 아나? 일요일마다 맞이하는 휴식과 신선한 공기가 얼마나 좋은지 아냐구!"

색연필

오늘 아침 학교에 가기 전에 집배원 아저씨가 내 앞으로 온 소포를 하나 갖고 왔다. 메메(할머니를 일컫는 유아어─옮긴이)의 선물이었다.

"아이구, 또 한바탕 말썽이 벌어지겠군!"

카페오레를 마시고 있던 아빠가 말했다. 엄마는 아빠 말에 기분이 상해서, 왜 엄마(내 메메)의 일이라면 항상 트집을 잡냐고 소리를 질렀다. 아빠는 한참 동안 할말을 찾는 듯하더니, 커피 좀 조용히 마셨으면 좋겠다고 말했다. 그러자 엄마는 "하! 물론 그러시겠죠. 여자는 커피나 끓여주고 집안 일이나 하면 된다는 거죠?" 하고 말했다. 아빠는 자기는 그렇게 말한 적 없다며, 집안이 좀 조용했으면, 하고 바란 게 무슨 죄냐고 했다. 아빠가 힘겹게 일하니까 그 덕에 엄마가 커피도 끓일 수 있는 게 아니냐고도 했다. 엄마 아빠가 그렇게 옥신각신하고 있는 동안 난 소포 꾸러미를 풀어보았다. 굉장했다. 색연필이 가득 들어 있는 상자였다! 난 너무나 기뻐서 색연필 상자를 들고 깡총깡총 뛰었다. 그 바람에 색연필이 부엌 바닥에 와르르 쏟아졌다.

"드디어 시작이군!"

아빠가 말했다.

"당신 태도는 정말 이해할 수가 없어요. 도대체 저 색연필들이 무슨 말썽거리가 된다는 거죠?"

엄마가 물었다.

"곧 알게 될 거요."

아빠가 대답했다.

아빠가 출근하자 엄마는 나에게 빨리 색연필을 주워담고 학교에 가라고 했다. 잘못하면 지각할 것 같았다. 나는 상자에 색연필을 담으면서 엄마에게 색연필을 학교에 가져가도 되냐고 물었다. 엄마는 말썽만 부리지 않는다면 괜찮다고 했다. 나는 조심하겠다고 약속한 후에 색연필 상자를 가방에 넣고 학교로 향했다. 엄마 아빠는 정말 이상하다. 내가 선물을 받기만 하면 꼭 말썽이 날 거라고 생각하니 말이다.

학교에 도착하니, 곧바로 수업 시작 종이 울렸다. 나는 내 색연필 세트를 빨리 친구들에게 자랑하고 싶었다. 사실 학교에 새 물건들을 자주 가져오는 건 조프루아다. 그애 아빠는 엄청 부자여서 항상 새 물건만 사준다. 그런데 이번엔 내가 조프루아에게 자랑을 할 수 있게 된 거다. 나는 엄청 신이 났다. 조프루아만 멋진 선물을 받으라는 법 있나 뭐?

수업 시간에 선생님이 클로테르를 앞으로 불러내 질문하는 동안 나는 옆에 앉은 알세스트에게 내 색연필 세트를 보여주었다.

"우와! 근사한데."

알세스트가 말했다.

"우리 메메가 보내준 거야."

내가 설명했다.

"뭔데?"

조아생이 돌아보며 물었다. 알세스트가 조아생에게 색연필 상자를 건네주었다. 조아생은 그걸 맥상에게 주었고, 맥상은 외드에게, 외드는 뤼퓌스에게, 뤼퓌스는 조프루아에게 주었다. 조프루아는 색연필 상자를 보더니 이상한 표정이 되었다.

그런데 애들이 모두 상자 속에서 색연필을 한 자루씩 꺼내 써보는 거였다. 선생님한테 들켜 압수당할까 봐 겁이 났다. 조프루아한테 상자를 돌려달라고 신호를 보냈다. 그때 선생님이 소리쳤다.

"니콜라! 지금 무슨 장난을 하고 있는 거지?"

선생님 표정이 굉장히 무서웠다. 나는 메메가 선물로 보내준 색연필 세트를 다른 애들이 가져가서 안 돌려준다고 울면서 설명했다. 선생님은 눈이 동그래져서 날 보더니 한숨을 내쉬며 말했다.

"좋아. 니콜라의 색연필 상자를 갖고 있는 사람은 어서 돌려주도록 해요."

조프루아가 와서 색연필 상자를 돌려주었다. 그런데 상자를 열어보니까 색연필 수가 많이 모자랐다.

"또 무슨 일이야?"

선생님이 물었다.

"색연필이 모자라요."

내가 대답했다.

"니콜라 색연필을 갖고 있는 사람은 어서
니콜라에게 돌려주세요."

선생님이 다시 말했다.

반 친구들이 모두 일어나 내게 색연필을 갖다 주었다.

선생님은 자로 교탁을 탁탁 두드린 후, 모두에게 벌을 주었다. 벌은 '수업중에 색연필을 핑계 삼아 떠들거나 공부를 방해하면 안 됩니다' 라는 문장 속에 들어 있는 모든 동사를 변화시켜오는 것이었다. 벌을 안 받은 애는 볼거리에 걸려 결석한 선생님의 귀염둥이 아냥하고, 칠판 앞에서 선생님의 질문에 대답하고 있던 클로테르뿐이었다. 칠판 앞에 불려나가 질문을 받을 때면 언제나 그런 것처럼, 클로테르는 이번 쉬는 시간에도 나가 놀 수 없었다.

종이 울리자, 난 색연필 상자를 들고 운동장으로 나갔다. 쉬는 시간엔 친구들과 색연필 이야기를 해도 벌받을 염려가 없으니 말이다. 그런데 상자를 열어보니 노란 색연필이 없었다.

"노란색이 없어! 가져간 사람, 빨리 내놔!"

"그 잘난 색연필 갖고 정말 골치 아프게 하는군. 너 때문에 모두 다 벌받았잖아!"

조프루아가 말했다. 그 말을 들으니 엄청 화가 났다.

"너희들이 장난만 안 쳤으면 아무 일도 없었을 거야. 다 너희들이 질투해서 그렇게 된 거라구! 누가 가져갔는지 모르겠지만, 빨리 돌려주지 않으면 선생님한테 다 이를 거야!"

내가 소리쳤다.

"그 색연필, 아마 외드가 갖고 있을걸? 외드는 얼굴이 빨갛잖아! 무슨 말인지 알겠냐, 너희들? 농담한 거야. 외드는 얼굴이 빨가니까 노란 색연필을 훔쳐갔을 거라구!"

뤼퓌스가 말했다. 아이들이 깔깔대며 웃었다. 나도 웃음이 나왔다. 나중에 아빠한테도 말해줘야겠다고 생각했다. 하지만 웃지 않은 사람이 하나 있었다. 바로 외드였다. 외드는 뤼퓌스한테로 가서 그애 코에 주먹을 한 방 날렸다. 그리고 나서는, "뭐? 내가 도둑이라구?"라고 소리를 쳤고, 갑자기 조프루아 쪽으로 돌아서더니, 조프루아한테도 주먹을 날렸다. 나는 조프루아가 느닷없이 얻어맞은 게 너무 우스워서 막 웃었다!

"난 아무 소리도 안 했어!"

조프루아가 소리를 질렀다. 조프루아는 얼굴을 얻어맞는 걸 아주 싫어한다. 외드가 덤빌 때는 더 그렇다. 조프루아가 비겁하게 내 따귀를 때렸다. 그 바람에 내 색연필 상자가 땅에 떨어졌고 우리는 엉겨붙어 싸우게 되었다. 학생주임 부이옹 선생님이 뛰어와서 우리를 떼어놓은 후, 우리보고 작은 야만인들이라고 했다. 우리가 설명을 하려고 하자 선생님은 무슨 일인지 알고 싶지도 않다면서, 각자 반성문을 백 줄씩 써오라고 했다.

"전 아무 잘못 없어요. 빵만 먹고 있었다구요."

알세스트가 말했다.

"저도 아니에요. 저는 알세스트한테 한 입만 달라고 하고 있었거든요."

조아생도 나서서 말했다.

"넌 왜 항상 따라하냐!"

알세스트가 소리를 질렀다. 그러자 조아생이 알세스트의 따귀를 때렸다. 부이옹 선생님은 그애들에게 반성문을 이백 줄씩 써오라고 했다.

집으로 돌아와서도 정말 기분이 나빴다. 색연필 상자는 찌그러졌고, 색연필도 거의 다 부러져 있었기 때문이다. 노란 색연필은 결국 찾지 못했다. 나는 부엌에 들어가 울면서 엄마에게 벌받게 된 이야기를 했다. 그때, 아빠가 회사에서 돌아왔다.

"거봐. 내 말대로지. 색연필 때문에 말썽이 생긴 거라구!"

“그렇게까지 말할 건 없잖아요.”

엄마가 말했다.

바로 그때 꽈당! 하는 소리가 났다. 아빠가 넘어지는 소리였다. 부엌 문 앞에 떨어져 있던 노란 색연필을 아빠가 밟은 거였다.

캠핑 놀이

"이봐, 애들아. 내일 캠핑하러 가지 않을래?"

방과후 학교에서 나오는데 조아생이 말했다.

"캠핑? 그게 뭔데?"

클로테르가 물었다. 클로테르는 무슨 얘기가 나올 때마다 항상 몰라서 물어본다. 그래서 맨날 놀림을 받는다.

"캠핑 말야? 아주 멋진 거지. 지난 일요일 날 엄마 아빠, 그리고 엄마 아빠 친구들하고 같이 캠핑을 갔었거든. 캠핑은 차를 타고 아주 먼 시골에 있는 강가에 가서 좋은 장소에 자리를 잡은 후에 텐트를 치고, 불을 피워 음식을 만들고, 강에서 미역을 감거나 낚시를 하고, 모기가 윙윙거리는 텐트 안에서 자는 거야. 하지만 비가 오면 빨리 짐을 싸서 돌아와야 해."

조아생이 클로테르에게 설명해주었다.

"우리집에선 나 혼자 시골에 가게 내버려두지 않을 텐데. 강가라면 더더욱 안 될 거야."

맥상이 말했다.

"그러니까 진짜로 가지는 않고 흉내만 내는 거야! 공터에서 말야!"

조아생이 말했다.

"그럼 텐트는? 너희 집에 텐트 있어?"

외드가 물었다.

"물론이지! 자, 그럼 모두 찬성이지?"

조아생이 말했다.

학교에 가지 않아도 되는 목요

일 날,* 우리는 모두 공터에 모였다. 내가 전에 이야기했는지 모르겠는데, 우리집 가까이엔 아주 멋진 공터가 하나 있다. 거기 가면 나무 상자, 종이 조각, 돌멩이, 빈 깡통, 빈 병들이 있고 화난 고양이들도 있다. 그리고 자동차도 한 대 있다. 바퀴는 없지만 그래도 엄청 멋지다.

조아생이 제일 늦게 도착했다. 담요를 차곡차곡 접어 옆구리에 끼고 있었다.

"텐트는?"

외드가 물었다.

"여기 있잖아."

조아생이 담요를 펴 보이며 대답했다. 여기저기 얼룩이 있고 구멍이 여러 개 나 있는 낡은 담요였다.

"이건 진짜 텐트가 아니잖아!"

뤼퓌스가 말했다.

"우리 아빠가 너희한테 새 텐트를 빌려줄 것 같냐? 이 담요 갖고 흉내만 내면 되지 뭐."

조아생은 이렇게 말하고는 캠핑은 차를 타고 가는 거니까 다들 자동차 안으로 들어가라고 했다.

"아니야! 우리 사촌형이 보이 스카우트인데, 항상 걸어서 가던데 뭐!"

---

* 프랑스의 초등학교에서 목요일은 수업이 없는 자유학습일이다. (옮긴이)

조프루아가 말했다.

"좋아! 걸어가고 싶다면 너 혼자 걸어가, 우린 자동차로 갈 거니까. 우리가 너보다 훨씬 먼저 도착할 거라구."

조아생이 말했다.

"차는 누가 운전할 건데?"

조프루아가 물었다.

"그야 물론 나지."

조아생이 대답했다.

"왜 너야? 네가 뭔데?"

조프루아가 다시 물었다.

"캠핑 가자는 생각을 해낸 게 나니까 그렇지. 그리고 텐트도 내가 가져왔잖아!"

조아생의 말에 조프루아는 기분이 상한 것 같았다. 그렇지만 캠핑을 하려면 서둘러야 했기 때문에 우리는 조프루아에게 참으라고 했다. 모두 자동차에 올라탔고, 지붕 위엔 담요를 덮어씌웠다. 모두들 '부릉부릉' 소리를 냈다. 운전석에 앉은 조아생만 빼고. 운전석에 앉은 조아생은 "거기 할아버지, 비켜요! 어이, 얼간이 운전수, 빨리 가! 망할 녀석 같으니라구! 너희들 내가 저 스포츠 카를 어떻게 추월했는지 봤지?" 하고 소리쳐댔다. 조아생은 나중에 크면 정말 난폭하게 운전을 할 것 같다.

"이 근처가 맘에 드는데? 우리 여기서 내리자."

갑자기 조아생이 말했다.

우리는 '부릉부릉' 소리를 멈추고 차에서 내렸다. 조아생은 주변을 둘러보더니, 굉장히 만족스러운 듯 말했다.

"아주 좋군! 자, 텐트를 가져와. 강변에 텐트를 치자."

"강이 어디 있는데?"

뤼퓌스가 물었다.

"아, 흉내만 내자고 했잖아!"

조아생이 말했다.

우리는 텐트 칠 준비를 했다. 조아생은 조프루아와 클로테르에게, 강에 가서 물을 떠온 다음 불을 피워 점심 준비하는 흉내를 내라고 시켰다.

우리는 나무 상자를 차례로 쌓은 다음 그 위에 담요를 덮어씌웠다. 쉽지는 않았지만 해놓고 보니 아주 멋졌다.

"점심 준비 다 됐어!"

조프루아가 외쳤다.

모두들 먹는 시늉을 했다. 집에서 빵을 가져온 알세스트만 진짜로 먹었다.

"이 닭고기 아주 맛있는데!"

조아생이 '냠냠' 소리를 내며 말했다.

"네 빵 나한테도 좀 나눠줄래?"

빵을 먹는 알세스트를 물끄러미 바라보던 맥상이 알세스트에게 물었다.

"너 머리가 어떻게 된 거 아냐? 나는 너한테 닭고기 나눠달라고 하지 않았잖아."

알세스트가 대답했다. 하지만 알세스트는 맥상에게 빵을 나눠주는 시늉을 했다. 역시 알세스트는 좋은 친구다.

"자, 이제 모닥불을 끄자. 그 다음엔 기름종이하고 통조림 깡통을 모아서 땅 속에 묻어야 해."

조아생이 말했다.

"너 제정신이 아니구나? 여기 널린 기름종이하고 깡통을 전부 땅에 묻으려면 일요일까지 해도 모자랄걸?"

뤼퓌스가 말했다.

"너야말로 바보야. 흉내만 내는 거라니까! 자, 이제 모두 텐트로 들어가서 자자."

조아생이 말했다.

텐트 안으로 들어가니 참 재미있었다. 다닥다닥 붙어앉아서 굉장히 덥긴 했지만 말이다. 물론 진짜로 잠을 잔 건 아니었다. 졸리지도 않았고, 누울 자리도 없었기 때문이다. 그렇게 얼마 동안 시간이 지나자 알세스트가 물었다.

"다음엔 뭘 하는 거지?"

"그거야 자기 맘이지. 자고 싶은 사람은 자고, 자기 싫은 사람은 강에 가서 수영을 해도 되고. 캠핑에선 각자 하고 싶은 대로 행동하는 거야. 그래서 캠핑이 좋은 거지."

조아생이 대답했다.

"그래도 이러고 있으니까 따분하다. 집에서 새 깃털을 가져왔으면 인디언 놀이를 할 수 있을 텐데."

외드가 말했다.

"인디언 놀이? 인디언이 캠핑하는 거 봤냐, 이 바보야?"

조아생이 말했다.

"내가 바보라고?"

외드가 물었다.

"외드 말이 맞아. 이렇게 텐트 안에만 있으니까 심심해!"

뤼퓌스가 끼어들었다.

"그래. 너는 바보라구."

조아생이 다시 말했다. 하지만 조아생이 그런 말을 한 건 실수였다. 외드는 힘이 아주 세기 때문에 외드한테는 시비 걸면 안 된다. 퍽! 외드가 조아생 코에 주먹을 날렸다. 조아생도 화가 나서 외드와 엉겨붙어 치고받으며 싸우기 시작했다. 좁은 텐트 안이었기 때문에 우리도 몇 대씩 얻어맞았다. 그러다가 상자 더미가 무너지는 바람에 겨우겨우 기어나왔다.

모두들 엄청 재미있어했다. 하지만 조아생은 기분이 좋지 않은 것 같았다. 땅바닥에 내려앉아버린 담요 위에서 발을 동동 구르며 "너희들 이럴 거면 다 내 텐트에서 나와! 나 혼자 야영할 거야!" 하고 소리를 질렀다.

"너 진짜로 화난 거야, 아니면 화난 흉내만 내는 거야?"
뤼퓌스가 물었다.
그 말을 듣고 우리는 모두들 웃음을 터뜨렸다.
"너희들 왜 웃는데? 응? 내가 뭐 웃긴 말 했어?"
뤼퓌스도 따라 웃으며 물었다.
알세스트가 저녁 식사 시간이 되었으니 집으로 돌아가야겠다고 말했다.

"그러자. 게다가 비도 오잖아! 서둘러! 어서 짐을 꾸려서 자동차로 뛰어가야 해!"

조아생이 말했다.

캠핑은 아주 재미있는 놀이였다. 굉장히 피곤했지만 모두들 기분 좋게 집으로 돌아갔다. 너무 늦게 왔다고 엄마 아빠한테 혼나긴 했지만 말이다.

하지만 아무리 생각해도 늦게 돌아왔다고 혼난 건 좀 억울하다. 우리 잘못이 아니니까 말이다. 돌아올 때 길이 꽉 막혀서 그런 건데!

라디오 인터뷰

오늘 아침 수업 시간에 선생님이 말했다.

"여러분, 오늘은 아주 중요한 소식이 있어요. 초등학생들을 대상으로 하는 앙케트 때문에 라디오 방송국에서 여러분을 인터뷰하러 올 거예요."

우리는 아무 말도 하지 않았다. 선생님 말이 무슨 뜻인지 못 알아들었기 때문이다. 선생님의 귀염둥이이고 우리 반 일등인 아냥은 아마 알아들었을 거다. 선생님이 다시 설명을 해주었다. 라디오 방송국 아저씨들이 와서 우리한테 질문을 할 거라는 거였다. 우리 동네에 있는 학교들을 전부 돌면서 하는데, 오늘이 바로 우리 학교 차례라고 했다.

"얌전하게 굴고, 똑똑하게 잘 해낼 거라고 믿어요."

선생님이 당부했다.

우리는 라디오에 나간다는 걸 알고 굉장히 흥분했다. 선생님이 자로 책상을 몇 번이나 두드린 후에야 문법 수업을 다시 시작할 수 있었다.

갑자기 교실 문이 열리더니 교장 선생님이 아저씨 두 명을 데리고 들어왔다. 한 아저씨는 손에 커다란 가방을 들고 있었다.

"일어서!"

담임 선생님이 말했다.

"앉아! 여러분, 영광스럽게도 라디오 방송국에서 우리 학교를 방문해주셨습니다. 여기 오신 분들은 천재 마르코니가 발명한 전파의 마술을 이용하여 여러분의 목소리를 각 가정에 울려퍼지게 해줄 겁니다. 영광스러운 기회를 맞아 책임감 있게 행동해줄 거라 믿습니다. 그리고 미리 경고해두는데, 엉뚱한 짓을 하면 벌을 받게 될 거예요! 자, 그럼 이쪽으로 오셔서 어떻게 하는 건지 아이들에게 말씀해주시죠."

교장 선생님이 말했다.

두 아저씨 중 한 명이 이제부터 우리에게 좋아하는 놀이, 즐겨 읽는 책, 학교에서 배우는 것들에 대해서 물어볼 거라고 설명했다.

"이게 바로 마이크예요. 여기다 입을 대고 한마디 한마디 똑똑하게 말해주세요. 겁낼 건 하나도 없어요. 알겠죠? 녹음을 하고 나면, 오늘 저녁 여덟시 정각에 라디오에서 여러분의 목소리를 들을 수 있을 거예요."

말을 다 하고 나서 아저씨는 다른 아저씨를 돌아다보았다. 그러자 그 아저씨가 교탁 위에 가방을 펼쳤다. 가방 속에는 기계들이 가득 들어 있었다. 아저씨가 그 속에서 헤드폰을 꺼내 머리에 썼다. 예전에 본 영화에 나온 비행사 같았다. 안개가 잔뜩 낀 날, 무선 장치가 작동하지 않아 비행기가 바다에 떨어진다는 내용의 영화였다. 무지 멋진 영화였다.

마이크를 든 아저씨가 헤드폰을 쓴 아저씨에게 물었다.

"준비됐나, 피에로?"

"준비됐어. 시험 방송 한번 해보자구."

피에로 씨가 말했다.

"하나 둘 셋 넷 다섯, 괜찮아?"

마이크를 든 아저씨가 다시 물었다.

"자, 그럼 시작하지. 스탠 바이!"

피에로 씨가 대답했다.

"좋아. 자, 제일 먼저 하고 싶은 사람?"

스탠바이 씨가 물었다.

"저요! 저요! 저요!"

모두가 소리쳤다.

"후보자가 너무 많군. 선생님께서 한 명 뽑아주시지요."

스탠바이 아저씨가 웃으며 말했다.

물론 선생님은 아냥을 지명했다. 아냥이 우리 반 일등이니까 아냥한테 질문을 해야 한다면서 말이다. 하여튼 맨날 아냥이다!

아냥이 스탠바이 씨 앞으로 나갔다. 스탠바이 씨는 아냥의 입 바로 앞에 마이크를 갖다 댔다. 아냥 얼굴이 하얗게 되었다.

"자, 먼저 이름을 말해주겠어요?"

스탠바이 씨가 물었다.

아냥이 입을 열었다. 하지만 아무 말도 못 하고 가만히 있었다. 키키 씨가 다시 물었다.

"학생 이름이 아냥이지요?"

아냥은 고개만 끄덕였다.

"좋아요. 학생이 반에서 일등이라는 것 같던데, 우리는 학생이 자유시간을 어떻게 보내는지 알고 싶어요. 좋아하는 놀이라든지 그런 것 말이에요. 자, 말해보세요! 무서워할 것 없어요. 자, 어서!"

아냥이 갑자기 울음을 터뜨리더니 아프다고 했다. 선생님이 서둘러 아냥을 데리고 나갔다.

스탠바이 씨는 이마를 닦으며 피에로 씨를 돌아다본 후, 다시 우리에게 물었다.

"마이크 앞에서 떨지 않고 말할 수 있는 사람 있어요?"

"저요! 저요! 저요!"

다들 소리쳤다.

"좋아요. 그럼 거기 뚱뚱한 어린이, 이리 나와봐요. 응, 그래요."

알세스트가 일어나 앞으로 나갔다.

"자, 그럼 시작합시다. 학생은 이름이 뭐지요?"

스탠바이 씨가 알세스트에게 물었다.

"알세스트요."

"알쉐흐트?"

스탠바이 씨가 깜짝 놀라 되물었다.

"우물거리지 말고 분명하게 말해야지."

교장 선생님이 말했다.

"크루아상(초승달 모양의 작은 빵―옮긴이) 먹고 있
는데 아저씨가 물어보니까 그렇죠."

알세스트가 대답했다.

"크루아상? 아니 그럼, 수업 시간에 빵을 먹고 있
었단 말이냐? 맙소사! 교실 밖에 나가 서 있어! 빵은 교탁 위에 올려놓고! 이 문제는 나
중에 다시 이야기하도록 하자."

교장 선생님이 소리쳤다.

알세스트는 한숨을 내쉬더니 크루아상을 교탁에 올려놓고 벌을 서러 갔다. 하지만
곧 바지 주머니에서 브리오슈(작은 꼭지가 달린 둥근 빵―옮긴이)를 꺼내더니 먹기 시
작했다. 그러는 동안 스탠바이 씨는 마이크에 묻은 버터를 옷소매로 닦아냈다.

"애들이니까 용서하세요. 아직 철이 없는데다가 좀 주의가 산만해서요."

교장 선생님이 말했다.

"아! 그런 일엔 벌써 이력이 났습니다. 지난번엔 파업중인 항구 노동자들도 인터뷰
했는데요 뭐. 그렇지, 피에로?"

스탠바이 씨가 웃으며 말했다.

"그래. 그래도 그때가 좋았지."

피에로 씨가 대답했다.

스탠바이 씨는 이번엔 외드를 불러냈다.

"학생은 이름이 뭐지요?"

아저씨가 물었다.

"외드요!"

외드가 큰 소리로 대답했다. 깜짝 놀란 피에로 씨가 헤드폰을 귀에서 떼어냈다.

"그렇게 큰 소리로 말하지 않아도 돼. 바로 그래서 라디오가 발명된 거야. 소리지르지 않고도 멀리까지 들리게 하거든. 어쨌든 다시 시작하자. 학생은 이름이 뭐지요?"

스탠바이 씨가 말했다.

"외드라니까요. 아까 말했잖아요."

외드가 대답했다.

"아까 말했다고 하면 안 돼. 그냥 이름만 말해, 이름만. 피에로, 준비 됐나? 자, 다시 시작하자. 학생, 이름이 뭐지요?"

스탠바이 씨가 물었다.

"외드예요."

외드가 대답했다.

"이제야 알아들었군."

조프루아가 말했다.

"조프루아, 너 밖에 나가 서 있어!"

교장 선생님이 소리쳤다.

"조용히!"

스탠바이 씨도 소리를 질렀다.

그때 피에로 씨가 또다시 헤드폰을 벗으며 말했다.

"이봐! 큰 소리 낼 때는 미리 말 좀 해줘!"

스탠바이 씨는 손으로 눈을 가리고 가만히 있더니, 잠시 후 손을 떼고 나서 외드에게 무슨 놀이를 좋아하냐고 물었다.

"전 축구를 아주 잘해요. 아무도 저를 못 당한다구요."

외드가 말했다.

"거짓말하지 마. 어제 네가 골키퍼 했다가 박살났잖아!"

내가 말했다.

"그래, 맞아!"

클로테르가 맞장구를 쳤다.

"뤼퓌스가 오프사이드를 불었잖아!"

외드가 말했다.

"걔는 너희 편 선수였으니까 그렇지. 내가 항상 말했잖아. 아무리 호루라기가 뤼퓌스 거라고 해도 선수가 심판까지 맡을 수는 없는 거라고."

맥상이 받아 말했다.

"너 한 대 맞고 싶냐?"

외드가 물었다. 그러자 교장 선생님이 외드에게 벌로 목요일 날 학교에 나오라고 했다.

옆에서 지켜보고 있던 스탠바이 씨가 볼장 다 봤다고 중얼거리더니, 피에로 씨와 함께 기계들을 가방에 도로 집어넣고 가버렸다.

그날 저녁 8시, 우리집에는 이웃에 사는 블레뒤르 씨 가족과 쿠르트플라크 씨 가족이 와 있었다. 아빠와 같은 사무실에서 일하는 바를리에 씨와 으젠 삼촌도 있었다. 모두 라디오 앞에 모여앉아 내 목소리가 나오기만을 기다렸다. 메메는 너무 늦게 연락을 받아 오지 못했다. 하지만 틀림없이 메메도 집에서 메메 친구들과 함께 라디오를 듣고 있을 거였다. 아빠는 내가 무척 자랑스러운가 보았다. 계속 내 머리를 쓰다듬으며 훌륭하다고 말했다. 모두들 들떠 있었다.

하지만 라디오 방송국에 무슨 일이 있었는지, 8시가 되었는데도 그냥 음악만 흘러나왔다.

스탠바이 씨와 피에로 씨를 생각하니 무척 마음이 아팠다. 내가 이 정도인데 그 아저씨들은 얼마나 실망했을까!

마리 에드비주

엄마가 간식 시간에 학교 친구들을 초대해도 좋다고 허락해주었다. 마리 에드비주도 함께 초대했다. 마리 에드비주는 우리 옆집에 사는 쿠르트플라크 씨네 딸인데, 금발 머리에 파란 눈을 한 여자아이다.

친구들이 도착했다. 알세스트는 집 안에 들어오자마자 간식으로 무엇이 나오는지 알아보러 부엌으로 달려갔다.

"우리말고 올 사람이 또 있니? 케이크가 한 접시 더 있던데."

부엌에서 나온 알세스트가 물었다. 나는 마리 에드비주도 초대했다고, 그애는 우리 옆집에 사는 쿠르트플라크 씨네 딸이라고 말해주었다.

"그럼, 여자애잖아!"

조프루아가 외쳤다.

"그래. 그게 어때서?"

내가 물었다.

"우린 여자애들하곤 안 놀아. 그애가 와도 말도 안 하고, 같이 놀지도 않을 거라구."

클로테르가 말했다.

"우리집이니까 누굴 초대하든 내 맘이야. 계속 그렇게 불평하면 한 대 먹여줄 수도 있어."

내가 말했다.

하지만 한 대 먹여줄 시간은 없었다. 초인종이 울리고 이어 마리 에드비주가 들어왔기 때문이다. 마리 에드비주는 우리집 거실에 달린 커튼과 똑같은 천으로 만든 드레스를 입고 있었다. 진한 초록색이었는데, 가장자리에 작은 구멍이 송송 뚫린 하얀 깃이 달려 있었다. 아주 예뻐 보였다. 좀 곤란한 일은 인형을 갖고 왔다는 거였다.

"자, 니콜라. 여자친구에게 다른 친구들을 소개해줘야지."

엄마가 말했다.

나는 반 친구들을 하나씩 소개했다.

"얘는 외드야. 그리고 이쪽은 뤼퓌스, 클로테르, 조프루아고, 쟤는 알세스트야."

"얘는 내 인형인데, 이름이 샹탈이야. 얘가 입은 옷은 튀소르 실크(산누에고치에서 뽑은 실로 짠 실크—옮긴이)로 만든 거다.”

마리 에드비주가 말했다.

소개가 끝나고 나니, 다들 입을 다물고 아무 말도 하
지 않았다. 엄마가 간식이 준비되었으니 식탁에 가서
앉으라고 했다.

마리 에드비주는 나와 알세스트 사이에 앉았다. 엄마가 초콜릿과 케이크를 나누어
주었다. 간식은 맛있었지만 시끄럽게 떠드는 아이는 하나도 없었다. 꼭 장학사 선생님
이 온 날 같았다.

마리 에드비주가 알세스트를 보더니 입을 열었다.

“너 굉장히 빨리 먹는구나! 너처럼 빨리 먹는 사람은 처음 봤어. 굉장해!”

마리 에드비주는 이렇게 말하며 눈을 깜빡거렸다.

알세스트는 눈을 둥그렇게 뜨고 마리 에드비주를 물끄러미 바라보더니, 입 안에 있
는 커다란 케이크를 꿀꺽 삼키고는 새빨개진 얼굴로 바보같이 웃었다.

“흥! 나도 쟤만큼 빨리 먹을 수 있어. 맘만 먹으면 더 빨리 먹을 수도 있다구.”

조프루아가 말했다.

“웃기지 마.”

알세스트가 응수했다.

“알세스트보다 빨리 먹을 수 있다고? 믿을 수 없는데.”

마리 에드비주가 말했다.

알세스트가 다시 바보처럼 웃었다.

"그럼 한번 보라구!"

조프루아가 이렇게 말하더니 케이크를 정신없이 먹어대기 시작했다. 알세스트는 자기 몫을 이미 다 먹어버렸기 때문에 시합을 할 수 없었다. 알세스트를 뺀 나머지 애들만 누가 빨리 먹나 시합을 했다.

"내가 이겼다!"

외드가 외쳤다. 입 안에 남아 있던 케이크 가루가 사방으로 튀었다.

"이건 무효야. 네 접시에는 케이크가 조금밖에 없었잖아."

뤼퓌스가 말했다.

"농담 마. 많이 있었다구!"

외드가 소리쳤다.

"아니야. 내 접시에 있던 케이크가 제일 컸어. 그러니까 내가 일등이야!"

클로테르가 끼어들어 말했다. 나는 사기꾼 같은 클로테르 녀석을 때려주고 싶었다. 하지만 그때 엄마가 들어와서 놀란 눈으로 식탁을 쳐다보며 말했다.

"어머! 어떻게 된 거야? 너희들 벌써 케이크 다 먹었니?"

"전 아직 남았어요."

마리 에드비주가 대답했다. 마리 에드비주는 숟가락 끝으로 아주 조금씩 떼어먹는 데다가, 자기 입에 넣기 전에 먼저 인형에게 주는 시늉을 하느라고 시간이 오래 걸렸던 거다.

"좋아. 다 먹고 나면 정원에 나가 놀도록 해라. 날씨가 좋구나."

엄마는 이렇게 말하고 나서 밖으로 나갔다.

"너 축구공 있니?"

클로테르가 내게 물었다.

"그거 좋은 생각이야. 케이크 빨리 먹기는 너희들이 잘할지 모르지만 축구는 달라. 내가 일단 공을 잡기만 하면 아무도 못 뺏으니까!"

뤼퓌스가 말했다.

"웃기고 있군."

조프루아가 비웃었다.

그때 마리 에드비주가 말했다.

"니콜라는 재주넘기를 참 잘하는데."

"재주넘기? 재주넘기라면 내가 제일이지. 오래 전부터 해왔다구!"

외드가 말했다.

"너 정말 뻔뻔하구나. 재주넘기 챔피언은 나야!"

내가 소리쳤다.

"말도 안 돼!"

외드도 지지 않고 응수했다.

결국 다같이 정원으로 나갔다. 드디어 자기 케이크를 다 먹은 마리 에드비주도 우리를 따라 나왔다.

외드와 나는 곧바로 재주넘기를 시작했다. 옆에서 보고 있던 조프루아가 우리 둘 다 제대로 못한다면서 자기도 재주를 넘기 시작했다. 모두들 재주넘기를 했다. 뤼퓌스는 별로 잘하지 못했고, 클로테르는 재주를 넘다가 주머니에서 구슬이 쏟아지는 바람에 구슬을 주우려고 멈추었다. 마리 에드비주는 열심히 손뼉을 쳤다. 알세스트는 한 손으로는 자기 집에서 가져온 브리오슈를 먹고 있었고, 다른 손에는 마리 에드비주의 인형 샹탈을 들고 있었다. 그런데 놀랍게도 인형에게 브리오슈 조각을 떼어주고 있었다. 평소 먹을 거라면 반 친구들한테도 안 나눠주는데 말이다.

"너희들 이런 것도 할 줄 알아?"

구슬을 다 주운 클로테르가 이렇게 말하더니, 물구나무를 선 채 걷기 시작했다.

"야! 정말 굉장해!"

마리 에드비주가 감탄했다.

물구나무서서 걷는 건 재주넘기보다 훨씬 어려웠다. 나도 해봤지만 번번이 넘어져 버렸다. 외드는 꽤 잘했다. 클로테르보다도 오랫동안 버텼다. 하지만 외드가 이긴 건 클로테르가 또 구슬을 흘렸기 때문이었을 거다.

"물구나무서서 걷는 건 아무짝에도 쓸모없어. 나무타기가 훨씬 더 유용한 재주라구."

뤼퓌스가 갑자기 이렇게 말하더니, 나무 위로 기어올라가기 시작했다. 사실 우리집 정원에 있는 나무들은 잎이 무성한 위쪽에만 나뭇가지가 있을 뿐이어서 올라가기가 아주 힘들다. 우리는 모두 깔깔대며 웃었다. 뤼퓌스가 원숭이처럼 두 손과 두 다리를 나무에 찰싹 붙인 채 낑낑대고 있었기 때문이다.

"비켜봐. 내가 보여줄 테니까."

조프루아가 말했다.

하지만 뤼퓌스는 나무에서 내려오려고 하지 않았고, 조프루아와 클로테르는 둘이서 동시에 나무 위로 올라가려고 야단이었다. 그때 뤼퓌스가 소리쳤다.

"나 좀 봐! 나 좀 보라구! 올라가고 있잖아!"

아빠가 집에 없는 게 정말 다행이었다. 아빠는 정원의 나무를 갖고 장난치는 걸 좋아하지 않으니까 말이다. 외드와 나는 나무에 더이상 올라갈 자리가 없어서 그냥 재주넘기를 계속 했다. 마리 에드비주는 누가 더 많이 넘는지 세고 있었다.

그때, 옆집 정원에서 쿠르트플라크 아줌마가 소리쳤다.

"마리 에드비주! 어서 들어오너라! 피아노 칠 시간이다!"

마리 에드비주는 알세스트한테서 인형을 받아든 다음, 손을 흔들어 우리에게 인사하고 자기 집으로 돌아갔다.

마리 에드비주가 가고 나자 뤼퓌스, 클로테르, 조프루아
는 나무에서 내려왔고, 외드도 재주넘기를 그만두었다.

"늦었다. 난 가야겠어." 알세스트가 말했다.

다른 친구들도 다들 집으로 돌아가겠다고 했다.

참 재미있는 하루였다. 모두들 아주 즐겁게 놀았다. 하지만 마리 에드비주도 재미있었는지는 잘 모르겠다. 사실, 우리는 마리 에드비주에게 잘 대해주지 않았다. 마치 그애가 없는 것처럼 그애와는 별로 말도 안 하고 우리끼리만 놀았으니 말이다.

30
0.50
TLEMCEN
RÉPUBLIQUE FRANÇAISE

우표 수집

뤼퓌스가 오늘 아침 아주 기분 좋은 얼굴로 학교에 왔다. 뤼퓌스는 우리를 보더니, 가방에서 새 공책을 하나 꺼내 보여주었다. 맨 처음 장 왼쪽 위에 우표가 한 장 붙어 있었고 다음 장들엔 아무것도 없었다.

"나 우표 모으기 시작했어."

뤼퓌스가 말했다.

자기 아빠가 우표를 한번 모아보라고 했다는 것이다. 우표 모으는 건 우표 수집이라고 부르며, 우표를 모으다 보면 역사나 지리도 배울 수 있기 때문에 아주 유익하다는 거였다. 또 뤼퓌스는, 자기 아빠가 그러는데 수집한 우표는 나중에 아주 비싸게 팔 수도 있다고, 영국의 어떤 왕이 수집한 우표는 값이 엄청나게 나갔다는 말도 했다.

"너희들도 우표 수집을 하면 좋겠다. 그러면 우표를 교환할 수도 있을 테니까. 우리 아빠가 그러는데, 우표 수집은 그런 식으로 하는 거래. 하지만 찢어진 우표는 절대 안 되고, 가장자리 톱니 모양도 제대로 붙어 있어야 한대."

나는 점심 먹으러 집에 와서 엄마에게 우표 좀 달라고 했다.

"또 무슨 짓을 벌이려고 그러는 거니? 가서 손이나 씻고 오렴. 엉뚱한 생각으로 골치 아프게 하지 말고."

엄마가 말했다.

"우표는 왜 달라고 하는 거냐? 편지 쓰려고 그러니?"

아빠가 물었다.

"아뇨. 우표 수집하려고 그래요. 뤼퓌스처럼."

내가 대답했다.

"야! 그것 참 좋은 생각이다! 우표 수집은 정말 좋은 취미지! 우표를 모으면 배우는 것도 많아. 특히 역사하고 지리에서 말야. 잘만 모으면 아주 비싸게 팔리기도 해. 영국의 어떤 왕은 우표 수집해서 한재산 모았다지?"

아빠가 말했다.

"맞아요. 친구들하고 교환도 할 거예요. 그렇게 하면 엄청난 수집품이 될 거예요. 톱니도 다 달린 우표로 말이에요."

내가 말했다.

"그래. 호주머니와 집안을 온갖 잡동사니로 더럽히는 것보다야 우표 모으는 게 훨씬 났겠지. 일단 엄마 말씀대로 손 씻고 와서 식탁에 앉거라. 점심 먹고 나서 아빠가 몇 장 줄 테니까."

아빠가 말했다.

점심을 먹은 후 아빠는 서재에 가서 우표가 붙은 편지봉투 세 장을 찾아온 다음 우표가 붙어 있는 부분을 찢어주었다.

"자, 이걸 시작으로 해서 멋진 수집품을 만들어보렴!"

아빠가 웃으며 말했다.

오후에 학교로 돌아가보니 다른 친구들도 나처럼 우표 수집을 시작했다. 클로테르, 조프루아, 알세스트가 우표 한 장씩을 가지고 온 거다. 알세스트 것은 너덜너덜 찢어진데다 버터가 잔뜩 묻어 있었다. 세 장이나 갖고 있는 사람은 나뿐이었다. 외드는 한 장도 없었다. 외드는 우리가 바보같이 쓸데없는 일을 하고 있다고 놀렸다. 우표 수집보다 축구가 훨씬 낫다는 거였다.

"바보는 너야. 그 영국 왕이 우표를 모으지 않고 축구를 했다면 부자가 되지 못했을걸? 어쩌면 왕도 되지 못했을 거야."

뤼퓌스가 말했다.

뤼퓌스 말이 옳았다. 그러나 수업 시작 종이 울려서 우표 수집 이야기를 계속 할 수 없었다.

쉬는 시간에 우리는 우표를 교환하기 시작했다.

"누구 내 우표 갖고 싶은 사람?"

알세스트가 물었다.

"네 건 나한테 없는 거네? 바꾸자."

뤼퓌스가 클로테르에게 말했다.

"좋아. 그 대신 네 것을 두 장 줘야 해."

클로테르가 대답했다.

"뭐? 네 건 한 장인데 왜 나는 두 장을 줘야 해? 한 장에 하나씩 해야지."
뤼퓌스가 말했다.
"내 건 하나에 한 장씩 바꿀 건데."
알세스트가 끼어들어 말했다.

그러고 있는데 학생주임 부이옹 선생님이 다가왔다. 부이옹 선생님은 항상 "내 눈을 봐"라고 말한다. 그럴 때 선생님 눈을 보면 부이옹 수프(고기, 야채 등을 삶아서 만드는 수프—옮긴이)에 떠 있는 뿌연 기름 덩어리처럼 눈동자만 동동 떠 있다. 그래서 '부이옹'이라고 부르는 거다. 하지만 선생님은 우리가 모여 있기만 하면 무슨 나쁜 일을 꾸미고 있다고 의심을 한다. 우리가 모여 있는 건 친한 친구 사이기 때문인데 말이다.

"내 눈을 똑바로 봐, 이 녀석들. 또 무슨 일을 꾸미고 있는 거지?"
선생님이 말했다.
"아무것도 아니에요, 선생님. 우린 우표 수집하고 있어요. 우표를 교환하는 거예요. 이런 우표는 하나에 두 장씩 바꿔요. 나중에 멋진 수집품을 만들 거예요."

클로테르가 말했다.

"우표 수집이라고? 흠, 그거 아주 좋은 생각이군. 아주 좋아! 아주 교육적이야! 특히 역사하고 지리에서 배우는 게 많지. 게다가 잘만 모으면 한재산 될 수도 있지. 어느 나라인지는 잘 기억이 안 나지만 옛날에 어떤 왕은, 이름도 생각이 나지 않는군, 하여튼 그 왕이 모은 우표첩은 값이 굉장히 나갔다고 하지! 그래, 우표 교환을 계속 하려무나. 하지만 소란 피우면 안 돼."

부이옹 선생님이 가버리자, 클로테르는 손에 들고 있던 우표를 뤼퓌스에게 내밀었다.

"자, 바꿀 거지?"

클로테르가 물었다.

"아니."

뤼퓌스가 대답했다.

"난 좋아."

알세스트가 또다시 끼어들었다.

그때 외드가 클로테르에게 다가가 우표를 싹 빼앗았다.

"나도 우표 수집 시작할 거야!"

외드는 웃으며 도망갔다. 하지만 클로테르는 웃지 않았다. 외드를 쫓아가며 훔쳐간 우표를 내놓으라고 소리쳤다. 계속 달아나던 외드는 클로테르의 우표에 침을 발라 이마에 붙였다.

“애들아, 이거 봐! 이것 좀 봐! 난 편지야! 항공우편이라구!”

외드는 이렇게 소리치며 두 팔을 벌린 채 이리저리 뛰어다니며 ‘부릉부릉’ 소리를 냈다. 클로테르가 외드의 다리를 걸어 넘어뜨렸고, 급기야 둘은 싸우기 시작했다. 부이옹 선생님이 다시 달려왔다.

“내 이럴 줄 알았어. 이 녀석들은 도무지 믿을 수가 없다니까. 지적인 놀이하고는 아예 담을 쌓은 녀석들이라구! 너희 두 녀석, 벌받는 장소로 가! 그리고 너, 외드, 이마에 붙인 그 우스꽝스런 우표 좀 떼지 못하겠니!”

부이옹 선생님이 말했다.

“떼어낼 때 톱니 떨어지지 않게 조심하라고 해주세요. 내가 아직 수집하지 못한 거니까요.”

뤼퓌스가 말했다. 부이옹 선생님은 뤼퓌스도 벌받는 장소로 보냈다.

이렇게 해서 조프루아, 알세스트, 나, 이렇게 세 사람만 남게 되었다.

“이봐, 너희들! 내 우표는 갖기 싫어?”

알세스트가 소리쳤다.

조프루아는 알세스트의 말은 들은 척도 안 하고 내게 말했다.

“네 우표 세 장 다 주면 내 우표 한 장 줄게.”

“너 제정신이 아니구나? 내 우표 세 장하고 바꿀 거면 너도 세 장을 줘야지! 네가 한 장 주면 나도 한 장만 줄 거라구.”

내가 말했다.

“나는 내 우표 한 장에 너희들 것 한 장씩만 받을게.”

알세스트가 다시 말했다.

“네 우표는 세 장 모두 똑같은 거잖아!”

조프루아는 알세스트 말은 무시하고 계속 나한테 물었다.

“그럼 좋아. 내 우표 세 장 다 줄 테니까, 대신 너도 뭔가 좋은 걸 줘야 해.”

내가 조프루아에게 대답했다.

“알았어.”

조프루아가 대답했다.

“내 우표는 아무한테도 필요 없다, 이거지? 그럼 내가 어떻게 하는지 잘 봐!”

알세스트가 이렇게 외치더니, 갑자기 자기 우표를 박박 찢어버렸다.

집에 돌아왔을 때, 나는 아주 기분이 좋았다.

나를 보더니 아빠가 물었다.

“그래, 젊은 우표수집가 양반. 수집은 잘되어가나?”

“엄청 잘되죠.”

나는 이렇게 대답한 후 조프루아가 준 구슬 두 개를 아빠에게 보여주었다.

난 어떻게
속이는 건지 안다구.
다 얘기해줄게.

마술사 맥상

맥상이 우리를 자기 집으로 초대했다. 우리는 깜짝 놀랐다. 맥상은 지금까지 한 번도 친구들을 자기 집에 오라고 한 적이 없었기 때문이다. 그애 엄마가 친구들을 집으로 부르는 걸 좀처럼 허락해주지 않아서 말이다. 하지만 이번엔 선원인 그애 삼촌이 마술상자를 선물해준 덕택에 우리를 초대할 수 있었다. 맥상은 자기 삼촌이 선원이라고 하지만, 내 생각엔 허풍인 것 같다. 그럴 리가 없다. 아무튼 그애 삼촌이 마술상자를 선물했는데, 마술은 보아줄 사람이 없으면 하나도 재미가 없는 거고, 그래서 이번만큼은 맥상 엄마도 우리를 초대해도 좋다고 승낙해준 것 같았다.

맥상 집에 갔더니, 친구들이 벌써 다 와 있었다. 맥상 엄마가 간식을 가져다 주었다. 버터빵과 우유를 넣은 차였다. 별로 굉장한 건 아니었다. 그래서 모두들 알세스트가 초콜릿빵 먹는 걸 쳐다보았다. 알세스트는 자기 집에서 초콜릿빵 두 개를 가져왔던 거다. 하지만 달라고 해봤자 소용없다. 알세스트는 굉장히 좋은 친구라 무엇이든 빌려달라는 대로 다 빌려주지만, 먹을 것인 경우에는 어림도 없으니 말이다.

간식을 먹고 나자 맥상이 우리를 거실로 데려갔다. 의자들이 나란히 놓여 있었다. 지난번에 클로테르 집에서 클로테르 아빠가 인형극 해줄 때하고 비슷했다. 맥상은 우리를 의자에 앉히고 자기는 탁자 뒤에 가서 섰다. 탁자 위에는 마술상자가 놓여 있었다. 맥상이 상자를 열자 그 안에 여러 가지 물건들이 가득 들어 있는 것이 보였다. 맥상은 상자에서 마술 지팡이와 커다란 주사위를 꺼내 들었다.

"여기 주사위가 있습니다. 아주 커다랗다는 점만 빼면 보통 주사위와 다를 게 없지요."

맥상이 말했다.

"아니야. 속이 비어 있어! 그 속에 다른 주사위가 또 들어 있는 거라구."

조프루아가 말했다.

맥상은 입을 벌리고 조프루아를 물끄러미 바라보았다.

"네가 뭘 안다고 그래?"

맥상이 말했다.

"다 알아. 우리집에도 똑같은 마술상자가 있거든. 내가 철자법 시험에서 십이등 했을 때 우리 아빠가 사준 거야."

조프루아가 대답했다.

"그럼 무슨 속임수가 있는 거야?"

뤼퓌스가 조프루아에게 물었다.

"아니야. 속임수 같은 거 없어! 속임수는 조프루아 같은 치사한 거짓말쟁이나 쓰는 거라구."

맥상이 소리쳤다.

"분명히 말하는데, 지금 네가 들고 있는 주사위는 속이 빈 거야. 그리고 내가 거짓말쟁이라는 말 다시 한번 해봐. 따귀를 때려줄 테니까!"

조프루아가 맥상한테 소리쳤다.

하지만 그애들은 싸울 수가 없었다. 맥상 엄마가 거실로 들어왔기 때문이다. 아줌마는 우리를 보고는 잠깐 멈칫하다가, 한숨을 내쉬고는 벽난로 위에 있던 꽃병을 들고 밖으로 나갔다. 나는 속이 비어 있는 주사위라는 말에 궁금해져서 탁자 가까이로 다가갔다.

"안 돼. 안 된다니까! 니콜라, 네 자리로 돌아가! 넌 가까이서 볼 권리가 없어!"

맥상이 소리쳤다.

"왜?"

내가 물었다.

"속임수가 있으니까 그렇지. 확실하다구."

뤼퓌스가 말했다.

"맞아. 그 주사위는 속이 비어 있는 거라서 탁자 위에 놓으면 안에 있던 다른 주사위가……."

조프루아가 말했다.

"너, 계속 떠들 거면 네 집으로 가버려!"

맥상이 소리쳤다.

맥상 엄마가 다시 들어와 피아노 위에 놓여 있던 작은 조각상을 들고 나갔다.

맥상은 주사위를 상자 안에 도로 집어넣고 대신 작은 냄비를 하나 꺼냈다.

"보시는 바와 같이 이 냄비는 비어 있습니다."

맥상은 우리에게 냄비를 보여주며 이렇게 말한 다음, 조프루아를 힐끔 쳐다보았다.

조프루아는 주사위 마술의 비밀을 이해하지 못한 클로테르에게 주사위 속이 비어

있다는 것을 열심히 설명해주고 있었다.

"알았다. 그건 냄비에서 하얀 비둘기가 나오게 하는 마술이지?"

조아생이 물었다.

"어떻게 그럴 수가 있지? 여기에도 속임수가 있는 거구나."

뤼퓌스가 말했다.

"비둘기라고? 천만의 말씀! 도대체 어디서 비둘기를 꺼낸다고 그러냐? 이 바보야."

맥상이 말했다.

"텔레비전에서 보니까 마술사가 여기저기서 비둘기를 꺼내던데? 너야말로 멍청이야!"

조아생이 대답했다.

"내가 냄비에서 비둘기를 꺼내고 싶어도 난 그럴 수가 없어. 우리 엄만 집에 동물을 못 들여놓게 한단 말이야. 내가 집으로 생쥐를 가져올 때마다 문제가 생겼다구. 그리고 누가 멍청이라고?"

맥상이 큰 소리로 외쳤다.

"그럼 비둘기는 안 나오는 거야? 그거 안됐군. 난 비둘기가 참 좋은데! 별로 크진 않지만, 삶은 완두콩하고 같이 먹으면 되게 맛있다구! 꼭 닭고기 같아!"

알세스트가 끼어들었다.

"멍청이가 누구냐고? 바로 너야. 이제 똑똑히 알아들었냐?"

조아생이 맥상에게 말했다.

바로 그때 맥상 엄마가 들어왔다. 아줌마가 문 뒤에서 계속 엿듣고 있었던 게 아닌지 의심스러웠다. 맥상 엄마는 우리에게 얌전히 놀아야 한다고 말한 후, 구석에 놓여 있던 스탠드를 들고 다시 밖으로 나갔다. 뭔가 굉장히 걱정을 하고 있는 것 같았다.

"저 냄비도 주사위처럼 속이 빈 거야?"

클로테르가 궁금해했다.

"냄비 전체가 그런 게 아니라 바닥만 그래."

조프루아가 대답했다.

"그것도 속임수네 뭐."

뤼퓌스가 말했다.

맥상은 머리끝까지 화가 나서, 우리는 친구도 아니라고, 그러니까 마술도 보여주지 않겠다고 했다. 다들 아무 말도 하지 않고 가만히 있었다. 맥상 엄마가 달려왔다.

"무슨 일이야? 왜 이렇게 조용해?"

아줌마가 물었다.

"쟤들 때문이에요. 쟤들이 내가 마술 하는 걸 방해한다구요!"

맥상이 말했다.

"얘들아. 내 말 좀 들어봐. 난 너희들이 재미있게 놀기를 바란단다. 하지만 얌전히 놀아야 해. 그러지 않으면 다들 집으로 돌려보낼 거야. 아줌마는 지금 시장에 갔다와야 해. 너희들이 이젠 철이 다 들었다고 믿고 가겠다. 특히 서랍장 위에 있는 탁상시계를 조심해야 해. 알았지?"

맥상 엄마는 이렇게 말하고 나서 우리를 한 번 쳐다보고 천장을 한 번 쳐다보았다. 그리고는 머리를 내저으며 밖으로 나갔다.

"좋아. 다시 시작하자. 여기 흰 공이 있습니다. 이제 제가 이 공을 사라지게 하겠습니다."

맥상이 말했다.

"저것도 속임수지?"

뤼퓌스가 물었다.

"맞아. 공을 숨겨서 호주머니에 넣을 거라구."

조프루아가 대답했다.

"아냐! 아니라니까! 공을 사라지게 하는 거란 말야!"

맥상이 외쳤다.

"그게 아니지. 공을 사라지게 하는 게 아니라 호주머니에 감출 거잖아! 내 말이 맞을 걸?"

조프루아가 외쳤다.

"그러니까 쟤가 흰 공을 사라지게 한다는 거야, 아니라는 거야?"

외드가 물었다.

"난 맘만 먹으면 공을 사라지게 할 수 있어. 하지만 안 할 거야.이젠 너희들하고는 친구 안 할 거니까. 그뿐이야! 우리 엄마 말이 맞았어. 너희는 야만인들이라구!"

맥상이 소리쳤다.

"거봐! 내가 뭐랬어. 공을 사라지게 하는 건 진짜 마술사들만 할 수 있는 거야. 엉터리들은 절대 못 한다구!"

조프루아가 큰 소리로 말했다.

맥상이 달려들어 조프루아의 따귀를 때렸다. 기분이 상한 조프루아는 마술상자를 마룻바닥에 집어던졌다. 조프루아는 머리끝까지 화가 나서 맥상과 치고받으며 싸우기 시작했다. 우리는 그애들이 싸우는 걸 구경했다. 아주 재미있었다. 맥상 엄마가 거실로 들어왔다. 아줌마도 기분이 나쁜 것 같았다.

"모두 돌아가! 당장!"

맥상 엄마가 우리에게 말했다.

우리들은 맥상네 집을 나왔다. 집으로 가며 생각해보니 그런 대로 재미있는 오후를 보낸 것 같긴 했지만 좀 실망스러웠다. 실은 맥상의 마술을 보고 싶었으니 말이다.

"쳇! 내 생각엔 뤼퓌스 말이 맞는 것 같아. 맥상은 텔레비전에 나오는 진짜 마술사가 아니잖아. 걘 속임수만 쓰는 것 같더라구."

클로테르가 말했다.

다음날 아침 학교에 온 맥상은 그때까지도 계속 화가 나 있었다. 우리가 돌아간 후 마술상자를 정리하다가 흰 공이 감쪽같이 사라져버린 걸 알게 되었기 때문이다.

비 오는 날

나는 장대같이 힘차게 쏟아지는 비를 좋아한다. 그런 날엔 학교에 가지 않고 집에서 장난감 기차를 갖고 놀 수 있으니까 말이다. 하지만 오늘은 비가 별로 심하게 온 건 아니어서 학교에 가야 했다.

여러분도 알다시피 비가 오는 날도 재미있게 놀 수 있다. 하늘을 향해 고개를 들고 입을 벌려 빗물을 받아먹는 것도 재미있고, 물웅덩이 속에서 철벅거리며 친구들한테 물을 튀기는 놀이도 재미있다. 또 빗물받이 홈통 밑을 지나가는 것도 재미있다. 물이 옷깃 속으로 들어오면 소름이 쫙 끼친다. 비옷 단추를 목까지 채우면 안 된다. 그러면 빗물받이 홈통 밑을 지나가봐야 하나도 재미가 없으니 말이다. 하지만 비가 와서 안 좋은 일이 딱 한 가지 있다. 바로 쉬는 시간에 운동장에 내려갈 수 없다는 거다.

오늘 학교에서는 낮인데도 교실에 전깃불을 켜놓았다. 불빛 아래에서 보니까 모든 게 색다르게 보였다. 나는 창문에 맺힌 빗방울이 아래로 흘러내리며 경주하는 모습을 보는 걸 좋아한다. 꼭 강물이 흐르는 것 같다.

쉬는 시간을 알리는 종이 울리자 선생님이 말했다.

"자, 이제 쉬는 시간이에요. 이야기하는 건 괜찮지만, 얌전히 앉아 있어야 해요."

그러자 아이들이 모두 한꺼번에 말을 하기 시작해서 굉장히 시끄러워졌다. 이야기를 주고받으려면 힘껏 소리를 질러야 했다. 선생님은 한숨을 쉬며 자리에서 일어나 교실 문을 열어놓은 채 복도로 나갔다. 복도에는 다른 반 선생님들이 서 있었다. 선생님은 그 선생님들과 이야기를 했다. 다른 반 선생님들은 우리 선생님만큼 멋지지 않다. 바로 그래서 우리가 우리 선생님을 너무 화나게 하지 않으려고 노력하는 거다.

"야, 우리 피구 안 할래?"

외드가 물었다.

"너 정신 나갔냐? 선생님이 가만히 있을 것 같아? 그리고 피구를 하다 보면 틀림없이 유리창을 깨게 될 거라구!"

뤼퓌스가 말했다.

"그럼 창문을 열어놓으면 되잖아."

조아생이 말했다.

정말 멋진 생각이었다. 우리는 모두 달려가 창문을 활짝 열었다. 아냥만 빼고 말이다. 아냥은 두 손으로 귀를 꼭 막고 큰 소리로 역사 공책을 읽으며 복습하고 있었다. 아냥은 정말이지 제정신이 아니다!

창문을 여니 굉장했다. 교실 안으로 바람이 들이닥쳤고, 얼굴에는 빗방울이 떨어졌다. 정말 재미있었다. 그러고 있는데 갑자기 커다란 비명 소리가 들렸다. 선생님이 들어온 거다.

"너희들, 이게 무슨 짓이야! 당장 창문 닫아!"

선생님이 외쳤다.

"피구 하려고 그랬어요, 선생님."

조아생이 설명했다. 그러자 선생님은 교실에서 공놀이를 하다니 말도 안 된다며, 창문 닫고 빨리 제자리로 가서 앉으라고 했다. 문제는 창가에 있는 자리가 빗물에 젖어 버렸다는 거였다. 빗물을 얼굴에 맞는 건 좋지만, 그 위에 앉는 건 난처한 일이다. 선생님은 두 손을 번쩍 들어올리며, 정말 어쩔 수 없는 녀석들이라고 말하고는 젖지 않은 의자에 끼어 앉아보라고 했다. 각자 앉을 자리를 찾느라 시끄러워졌다. 다섯 명이 앉은 의자도 있었다. 우리 교실에 있는 의자는 세 명이 함께 앉아도 꼭 끼는데 말이다. 나는 뤼퓌스, 클로테르, 외드와 함께 앉았다. 선생님이 자로 교탁을 두드리며 조용히 하라고 소리쳤다. 그래서 모두 입을 다물었다. 귀를 막고 있던 아냥만 계속 큰 소리로 역사 공책을 읽고 있었다. 아냥은 자기 의자에 혼자 앉았다. 작문 시간을 빼고는 그 치사한 귀염둥이 녀석 옆에 앉고 싶어하는 애가 하나도 없기 때문이다. 아냥은 곧 고개를 들고 선생님을 보았고, 읽는 것을 멈추었다.

"좋아요. 선생님은 여러분이 떠드는 소리를 더이상 듣고 싶지 않아요. 지금부터 조금이라도 엉뚱한 짓을 하는 사람이 있으면 가만두지 않을 거예요. 알았죠? 다시 의자에 잘 나누어 앉도록 해요, 조용히!"

그래서 모두 일어나 아무 소리도 안 내고 조용히 자리를 바꾸었다. 장난칠 분위기가 아니었다. 선생님이 엄청 화난 것 같았기 때문이다! 나는 조프루아, 맥상, 클로테르, 알세스트와 함께 앉았다. 알세스트가 자리를 너무 많이 차지해서 굉장히 불편했다. 게다가 알세스트는 샌드위치를 먹느라 여기저기 빵가루를 흩날리고 있었다. 선생님은 우리를 유심히 쳐다보더니 한숨을 내쉰 후 다시 밖으로 나가 다른 선생님들하고 이야기를 했다.

조프루아가 일어나더니 칠판 앞으로 가서 분필로 사람 얼굴을 그렸다. 코는 없었지만 아주 재미있게 생긴 얼굴이었다. 그림 밑에는 '맥상 바보'라고 썼다. 모두들 웃었다. 아냥하고 맥상만 빼고 말이다. 아냥은 다시 역사 수업 복습을

하고 있었고, 맥상은 벌떡 일어나 조프루아 따귀를 때리려고 했다. 물론, 조프루아는 재빨리 피했다. 우리가 응원을 하려고 자리에서 일어서는 순간, 선생님이 달려들어왔다. 얼굴이 새빨갰고, 두 눈은 부릅뜨고 있었다. 지난주 이후로 선생님이 그렇게 화가 난 건 본 적이 없었다. 마침내 선생님이 칠판에 그려진 그림을 보았다.

"누가 이런 짓을 했지?"

선생님이 물었다.

"조프루아래요."

아냥이 대답했다.

"더러운 고자질쟁이! 너 한 대 맞을 줄 알아!"

조프루아가 소리쳤다.

"어디 한 대 먹여봐! 어서, 조프루아!"

맥상이 소리쳤다.

상황은 더욱 나빠졌다. 선생님은 엄청 화가 나서 자로 교탁을 수없이 두드려댔다. 아냥은 소리치며 울기 시작했다. 아무도 자기를 좋아하지 않는다고, 정말 불공평하다고, 모두가 자기를 이용하려고 하니 자기는 죽어버릴 거라고, 엄마 아빠한테 전부 일러버릴 거라고 했다. 그러자 모두가 자리에서 일어나 소리를 질렀고, 한바탕 소란이 벌어졌다. 정말 재미있었다.

"앉아! 앉으라니까! 마지막 경고예요! 조용히 하고 어서 자리에 앉아요!"

우리는 선생님 말대로 자리에 앉았다. 앉고 보니 뤼퓌스, 맥상, 조아생이 같은 자리에 앉아 있었다. 그때 교장 선생님이 교실로 들어왔다.

"일어서!"

선생님이 말했다.

"앉아!"

교장 선생님이 말했다. 그리고는 우리와 담임 선생님을 번갈아가며 쳐다보았다.

"도대체 무슨 일입니까? 선생님 반 아이들 고함 소리 때문에 학교 전체가 떠나갈 것 같습니다! 도저히 참을 수가 없어요! 그리고 저기 빈 의자들도 있는데 왜 아이들이 한 의자에 네다섯 명씩 앉아 있습니까? 너희들, 모두 자기 자리로 돌아가!"

우리는 모두 자리에서 일어났다. 선생님이 교장 선생님에게 의자가 젖게 된 이유를 설명했다. 교장 선생님은 놀란 표정을 짓더니 다시 아까 앉았던 자리로 돌아가 앉으라고 했다. 나는 알세스트, 뤼퓌스, 클로테르, 조아생, 외드와 같이 앉게 되었다. 정말 꼭꼭 붙어 앉아야 했다. 이윽고 교장 선생님이 칠판에 그려진 그림을 보고 물었다.

"누가 이런 짓을 했지? 응, 어서 말해봐!"

아냥이 끼어들 틈도 없이 조프루아가 일어나, 자기 잘못이 아니라고 훌쩍거렸다.

"이 녀석, 울면서 후회하는 척하는구나. 하지만 너무 늦었어. 너는 잘못된 길로 들어선 거야. 그 길로 계속 가면 결국 교도소로 가게 된다구. 친구들한테 이렇게 못된 말이

나 하고 말이야. 내가 네 나쁜 언어 습관을 고쳐주마! 네가 칠판에 쓴 말을 오백 번 써 오도록 해. 알았지? 그리고 나머지 학생들은 비가 그치더라도 쉬는 시간에 운동장에 못 나간다. 그렇게 해야 규칙 준수에 대해 조금이라도 배우게 될 테니 말이야. 담임 선생님 감독 아래 교실에 남아 있어라!"

교장 선생님이 말했다.

교장 선생님이 나간 후 조프루아와 맥상도 우리 의자에 와서 앉았다. 우리는 우리 선생님은 정말 근사하며, 우리가 가끔 화나게 하는데도 정말 우리를 사랑하신다는 말을 주고받았다. 하지만 선생님은, 오늘 우리가 하루 종일 운동장에 내려갈 수 없게 되었다는 걸 알고 우리들보다 더 난감해했다.

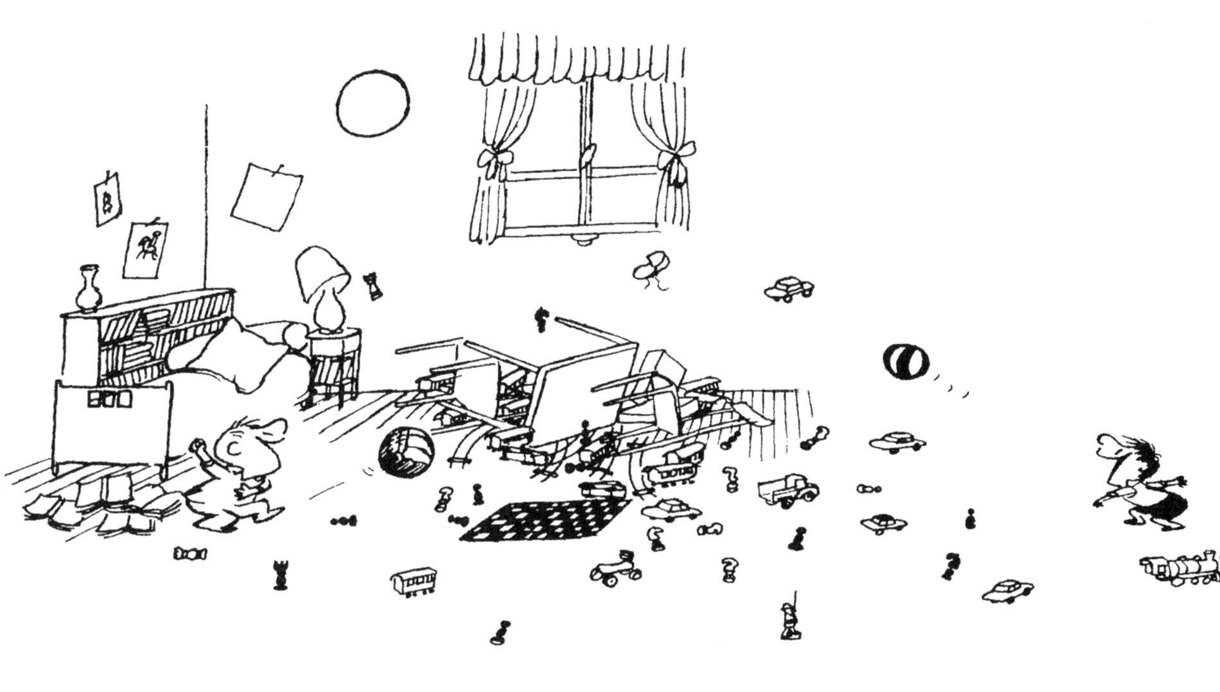

체스

일요일엔 날씨가 춥고 비가 왔다. 하지만 별로 상관은 없었다. 알세스트가 간식 먹으러 오라고 자기 집으로 나를 초대했기 때문이다. 알세스트는 나랑 친한 친구인데, 굉장히 뚱뚱하고 먹는 걸 엄청 좋아한다. 그래도 알세스트와 함께 있으면 언제나 재미있다. 싸울 때조차 말이다.

알세스트네 집에 도착하자 그애 엄마가 문을 열어주었다. 알세스트와 알세스트 아빠는 벌써 식탁에 앉아 내가 도착하기만을 기다리고 있었다.

"왜 이렇게 늦게 왔니."

알세스트가 물었다.

그러자 그애 아빠가 말했다.

"입 속에 음식 넣은 채 말하는 거 아니다. 그리고 거기 버터 좀 건네주렴."

코코아 두 잔과 크림 케이크 한 조각, 버터를 바른 토스트와 잼, 소시지, 그리고 치즈가 돌아갔다. 벌써 자기 몫을 다 먹은 알세스트가 자기 엄마에게 점심때 먹은 스튜가 남아 있는지 물었다. 나한테 맛보여주려고 그런다고 덧붙였다. 하지만 아줌마는 그걸 먹으면 저녁을 안 먹을 테니 안 된다고, 그리고 스튜는 남아 있지도 않다고 했다. 어쨌든 난 별로 배가 고프지는 않았으니 상관없었다.

간식을 다 먹고 나자 알세스트가 자기 방에 가서 놀자고 했다. 알세스트 엄마가 아침 내내 청소해놓았으니까 어지르지 말고 얌전히 놀아야 한다고 했다.

"우린 기차 놀이, 자동차 놀이, 구슬치기, 공놀이를 할 건데요."

알세스트가 말했다.

"안 돼, 절대 안 돼! 기껏 치워놓은 방을 다시 뒤죽박죽으로 만들면 어떡하니. 좀 조용한 놀이를 찾아보렴, 응?"

알세스트 엄마가 말했다.

"무슨 놀이 말이에요?"

알세스트가 물었다.

"내게 좋은 생각이 있어. 세상에서 가장 지적인 놀이를 가르쳐주마! 너희 방에 가 있거라. 아빠도 곧 갈 테니."

알세스트 아빠가 말했다.

우리는 알세스트 방으로 갔다. 정말 깨끗하게 치워져 있었다. 곧이어 아저씨가 체스판을 들고 들어왔다.

"체스요? 하지만 우린 둘 줄 모르는데요!"

알세스트가 말했다.

"그렇겠지. 그러니까 내가 가르쳐주려는 거 아니냐. 얼마나 굉장한 놀이인지 두고 보렴!"

알세스트 아빠가 말했다.

사실이었다. 체스는 아주 재미있었다! 알세스트 아빠는 먼저 체스판에 말 놓는 법을 가르쳐주었다. 그런 다음, 말들이 각각 무엇을 의미하는지 알려주고, 어떤 식으로 움직여야 하는지도 설명했다. 쉽지는 않았다. 적군의 말을 잡으려면 어떻게 해야 하는지도 가르쳐주었다.

"마치 두 군대가 싸우는 것과 같단다. 말하자면 너희들이 장군인 셈이지."

알세스트 아빠는 이렇게 말한 뒤 양손에 졸을 하나씩 들고 주먹을 쥐더니 나한테 하나를 고르라고 했다. 나는 하얀 말을, 알세스트는 검은 말을 갖게 되었다. 드디어 놀이를 시작했다. 알세스트 아빠는 함께 앉아서 훈수를 해주기도 하고, 틀릴 때마다 다시 가르쳐주기도 했다. 알세스트 엄마가 와서 우리가 체스 두고 있는 것을 보고는 만족스러운 표정을 지었다. 이윽고 알세스트 아빠가 말 하나를 움직이더니 웃으면서 내가 졌다고 했다.

“됐다. 이젠 다 이해한 것 같구나. 이번엔 말을 바꿔서 너희끼리 한번 해보거라.”

알세스트 아빠가 말했다.

그리고 나서 아저씨는 아줌마와 함께 밖으로 나갔다. 방문을 나서며 아저씨는 아줌마에게 애들 다루는 것도 요령이 있어야 하는 법이라면서, 그런데 정말 스튜가 하나도 안 남았느냐고 물었다.

검은색 말들은 알세스트 손가락에 묻어 있던 잼 때문에 끈적거려서 좀 거추장스러웠다.

“전투 개시. 진격! 짜잔!”

알세스트가 병졸 하나를 전진시켰다. 나는 기마병을 앞세웠다. 기마병은 움직일 때

곧장 앞으로 나가다가 다시 옆으로 움직여야 한다. 다루기가 제일 어렵다. 하지만 다른 말들을 뛰어넘을 수 있기 때문에 제일 근사하기도 하다.

"용감무쌍한 랜슬롯 기사가 나가신다!"

내가 소리쳤다.

"진격! 둥둥! 둥둥!"

알세스트가 북소리를 냈다. 알세스트는 손등으로 병졸 여러 개를 한꺼번에 밀었다.

"어! 그렇게 하면 안 돼!"

내가 말했다.

"막을 수 있으면 막아봐라, 이 악당아!"

알세스트가 소리쳤다. 지난 목요일 날 클로테르네 집에서 텔레비전으로 말 탄 기사들이 요새에서 싸우는 영화를 본 적이 있는데, 알세스트는 그 생각이 난 것 같았다. 그래서 나도 두 손으로 말들을 밀면서 대포와 기관총 쏘는 흉내를 냈다. 타타타타타! 내 말과 알세스트의 말이 부딪치면서 무더기로 쓰러졌다.

"잠깐만. 어떻게 그럴 수가 있어! 그 시대에는 기관총이 없었단 말야. 쾅! 하는 대포 아니면 챙챙! 하는 칼만 있었다구. 그렇게 속임수나 쓸 거면 놀 필요가 없지."

알세스트가 말했다.

알세스트 말이 옳았기 때문에 나는 알았다고 했다. 우리는 체스를 계속 했다. 나는 장군 말을 전진시켰다. 하지만 병졸들이 모두 체스판 위에 쓰러져 있었기 때문에 말을 움직이기가 어려웠다. 알세스트는 구슬을 퉁기듯 손가락으로 내 장군을 퉁겨서 쓰러뜨렸다. 나도 내 전차를 퉁겨 알세스트의 여왕을 쓰러뜨렸다.

"그렇게 하면 안 돼. 전차는 곧장 앞으로만 갈 수 있어. 그런데 너는 옆으로 보냈잖아. 옆으로 가는 건 장군이야!"

알세스트가 말했다.

"승리는 우리 편이다! 완전 섬멸이다! 용감한 우리 기사들이여, 진격하라! 아더 왕 만세! 쾅! 쾅!"

내가 외쳤다.

나는 손가락으로 계속해서 말들을 퉁겨 보냈다. 너무너무 재미있었다.

"잠깐만, 손가락으로는 너무 쉬워. 구슬로 하면 어떨까? 구슬을 총알이라고 하고 말야. 탕탕!"

알세스트가 말했다.

"좋아. 하지만 그러기엔 체스판이 너무 작은걸."

"그야 간단하지. 넌 방 저편 끝에 가 있고, 난 이편 끝에 가 있는 거야. 그리고 침대 다리나 의자, 책상 뒤에 말을 감추는 거지."

알세스트가 말했다.

알세스트는 장롱 문을 열고 구슬을 찾았다. 장롱은 방보다는 정리가 덜 되어 있었기 때문에 문을 열자 여러 가지 물건이 융단 위로 우르르 떨어졌다. 나는 한 손엔 검은 말, 다른 손엔 흰 말을 쥐고 알세스트한테 고르라고 했다. 알세스트는 흰 말을 뽑았다. 우리는 탕탕! 소리를 내며 구슬을 던지기 시작했다. 하지만 말들을 워낙 잘 숨겨놓아서 맞추기가 어려웠다.

"저기 말야, 네 장난감 기차하고 자동차들을 탱크라고 하면 어떨까?"

내가 말했다.

알세스트는 장롱에서 기차와 자동차들을 꺼내 그 안에 체스 말들을 넣고 탱크라며 전진시켰다. 부릉부릉!

그러다 알세스트가 말했다.

"말들이 탱크 안에 있으니까 구슬로 맞출 수가 없는데?"

"폭격을 하면 되지."

내가 대답했다.

우리는 구슬을 잔뜩 쥔 손을 비행기라고 하고 부웅— 소리를 내며 탱크 위로 날아가 쾅! 하고 구슬을 떨어뜨렸다. 하지만 구슬이 기차나 자동차에 부딪혀봤자 아무 효과가 없었다. 그러자 알세스트는 축구공을 가지고 왔고, 나에게는 해변에서 샀다는 빨간색과 파란색으로 된 공을 주었다. 우리는 탱크를 향해 공을 던지기 시작했다. 효과가 엄청났다! 그러다 알세스트가 너무 세게 던지는 바람에 공이 문에 부딪혀 큰 소리가 났고, 이어 공이 다시 책상 위로 날아가 잉크병을 쓰러뜨렸다. 알세스트 엄마가 달려왔다.

아줌마는 무척 화가 났다! 알세스트에게는 저녁 먹을 때 디저트를 한 번밖에 안 주겠다고 했고, 내게는 너무 늦었으니까 불쌍한 우리 엄마가 기다리고 있는 집으로 빨리 돌아가라고 했다. 내가 알세스트네 집을 나서는 순간 다시 한번 고함 소리가 들려왔다. 알세스트 아빠가 알세스트를 야단치는 소리였다.

아쉽게도 체스를 계속 둘 수는 없었지만 체스 놀이는 정말 재미있었다. 날씨가 좋아지면 공터에서 한번 해봐야지.

왜냐하면 체스는 절대 집 안에서 할 놀이가 아니기 때문이다. 부릉부릉! 쾅쾅!

○○ 보건소

엑스레이 촬영

아침에 학교 운동장으로 들어서는데 조프루아가 아주 난처한 표정으로 다가왔다. 어른들 말이, 오늘 학교에 의사 선생님들이 와서 엑스레이를 찍는다고 했다는 것이다. 그러고 있는 동안 친구들이 하나 둘 도착했다.

"다 허풍이야. 어른들은 항상 허풍만 친다구."

뤼피스가 말했다.

"뭐가 허풍인데?"

조아생이 물었다.

"오늘 의사 선생님들이 와서 예방주사 놓는다구."

뤼퓌스가 대답했다.

"설마 진짜는 아니겠지?"

조아생이 불안한 목소리로 물었다.

"뭐가 진짜가 아니라고? 무슨 일인데?"

맥상이 물었다.

"오늘 의사 선생님들이 우리 수술하러 온다구."

조아생이 대답했다.

"뭐라고? 난 안 할 거야!"

맥상이 소리쳤다.

"뭘 안 한다고?"

외드가 물었다.

"맹장수술은 하기 싫단 말이야."

맥상이 대답했다.

"맹장이 뭐야?"

클로테르가 물었다.

"내가 어렸을 때 수술해서 떼어낸 거야. 그러니까 난 안 해도 되고, 너희들만 수술받을 거야."

알세스트가 신이 나서 웃으며 대답했다.

그때, 우리 학교 학생주임인 부이옹 선생님이 수업 시작 종을 쳤다. 우리는 교실로 들어가기 위해 줄을 서야 했다. 계속 웃고 있는 알세스트하고 복습하느라 아무 말도 듣지 못한 아냥만 빼고는 모두 마음이 찜찜했다.

교실에 들어서자 선생님이 말했다.

"여러분, 오늘 오전에 의사 선생님들이 오실 거예요. 왜냐하면……."

갑자기 아냥이 벌떡 일어나더니 소리쳤다.

"의사 선생님요? 난 병원에 가기 싫어요! 병원에 안 갈 거야! 다 일러버릴 거라구! 병원에 못 가. 난 안 아프니까!"

선생님이 자로 책상을 두드렸다. 아냥은 계속 울었고, 선생님은 계속 말을 했다.

"아기처럼 겁낼 것 없어요. 의사 선생님들은 엑스레이를 찍으러 오는 것뿐이에요. 엑스레이는 하나도 아프지 않아요. 그리고……."

"맹장수술 하러 오는 거라고 들었는데요! 맹장수술이라면 괜찮지만, 엑스레이라면 전 안 찍을 거예요!"

알세스트가 말했다.

"맹장수술?"

알세스트의 말에 놀란 아냥이 펄쩍 뛰더니, 다시 바닥을 뒹굴며 울기 시작했다.

선생님은 화가 나서 또다시 자로 교탁을 탁탁 치며 아냥에게 조용히 하지 않으면 지리 점수를 빵점 줄 거라고 했다.(그 시간은 지리 시간이었다.) 그리고 나서 선생님은 지금부터 맨 처음으로 입을 여는 사람은 퇴학시켜버릴 거라고 했다. 그러자 아무도 말을 하지 않았다. 선생님만 빼고.

"잘 들어요. 엑스레이는 사진 찍는 것하고 똑같아요. 여러분 몸 속에 있는 폐가 정상인지 아닌지를 보려고 하는 것뿐이에요. 여러분 중엔 엑스레이를 찍어본 사람도 있을 거예요. 그러니까 그게 무언지도 알 거고. 그러니까 더이상 이러쿵저러쿵 할 필요가 없어요. 그래봐야 아무짝에도 쓸모가 없어요."

선생님이 말했다.

"하지만 선생님, 제 폐는……."

클로테르가 말했다.

선생님은 클로테르의 말을 가로막았다.

"폐 이야기는 그만 하고, 이리 나와서 루아르 강의 지류들에 대해서나 말해봐요."

클로테르는 제대로 대답을 하지 못했고, 교실 한쪽 구석으로 가 서 있어야 했다. 그때 부이옹 선생님이 교실로 들어왔다.

"선생님 반 차렙니다."

부이옹 선생님이 말했다.

"알겠습니다. 여러분, 모두 조용히 일어나 줄을 서세요."

선생님이 말했다.

"벌받는 사람도요?"

클로테르가 물었다.

하지만 담임 선생님은 클로테르의 질문에 대답해줄 수가 없었다. 아냥이 또 울면서 가지 않겠다고 고함을 지르기 시작했기 때문이다. 아냥은 미리 알려주기만 했다면 엄마한테 말해서 어떤 변명거리든 가져왔을 거라고, 내일이라도 변명거리를 가져올 수 있다고 했다. 그리고는 두 손으로 의자를 붙들고 발로 사방을 걷어찼다. 선생님이 한숨을 푹 내쉬더니 아냥한테 다가가서 말했다.

"아냥, 잘 들어봐. 전혀 무서워할 필요가 없단다. 의사 선생님들은 네 몸엔 손도 안 댈 거야. 그리고 두고 보면 알겠지만, 참 재미있단다. 의사 선생님들이 커다란 버스를 타고 오는데, 너는 작은 계단을 통해서 그 안으로 들어가는 거야. 차 안은 지금까지 네가 본 것 중에서 가장 멋질 거야. 그리고 또…… 아 참, 선생님 말 잘 들으면, 산수 시간에 너한테 문제풀이를 시킬게."

"분수 문제요?"

아냥이 물었다.

선생님은 그렇다고 대답했다. 그러자 아냥은 의자를 놓고 우리와 함께 줄을 섰다. 하지만 엄청 떨면서 계속해서 '으으으' 소리를 냈다.

줄을 서서 운동장으로 내려오니, 선배 형들이 엑스레이를 다 찍고 교실로 돌아가고 있었다.

"형들! 어땠어요? 아파요?"

조프루아가 물었다.

"지독해! 불로 지지고, 주사로 찌르고 할퀴고 그래. 의사 선생님들이 커다란 칼을 들고 기다리고 있다구. 사방이 피로 흥건해!"

형들 중 한 명이 대답했다. 다른 형들이 낄낄거렸다. 아냥은 또다시 바닥에 뒹굴었다. 하지만 이번엔 정말 아픈 것 같아서 부이옹 선생님이 양호실로 데려가야 했다. 학교 정문 쪽으로 가니까 커다란 흰색 버스가 있었다. 뒤쪽에 작은 계단이 달린 입구가 있었고, 앞쪽에는 출구가 있었다. 아주 멋진 차였다.

교장 선생님이 하얀 가운을 입은 의사 선생님과 이야기하고 있었다.

"방금 말씀드린 녀석들이 바로 저애들이오."

교장 선생님이 말했다.

"너무 걱정 마십시오, 교장 선생님. 저희는 그런 일에 아주 익숙하니까 꼼짝 못 하게 할 수 있을 겁니다. 모든 게 착착 진행될 거예요."

의사 선생님이 말했다.

갑자기 찢어지는 듯한 비명 소리가 들렸다. 부이옹 선생님이 아냥 팔을 잡고 끌고 왔다.

"이 녀석부터 시작해야겠습니다. 너무 흥분한 것 같아서요."

부이옹 선생님이 말했다.

의사 선생님 중 한 명이 아냥 팔을 잡았다. 그러자 아냥은 이것 놓으라고 소리를 쳤다. 담임 선생님이 의사 선생님들은 몸에 손도 안 댈 거라고 약속했는데 다 거짓말이었다며 경찰에 고소하겠다고 발버둥을 쳤다. 의사 선생님은 아냥을 붙잡고 차 안으로 들어갔다. 그리고 나서도 한동안 비명 소리가 계속 들렸다. 그러다 갑자기 "가만히 있어! 그렇게 계속 버둥거리면 병원으로 데려갈 거야!" 하는 커다란 목소리가 들리더니,

그 다음에는 ‘으으으’ 소리만 들렸다. 이윽고 아냥
이 앞문으로 내리는 게 보였다. 아냥은 얼굴
가득 미소를 짓고 있었다. 아냥은 차에서 내
려 곧장 교실 안으로 뛰어들어갔다.

의사 선생님이 소매로 얼굴을 닦으며 나왔다.

“이제야 됐군. 다음 다섯 명, 앞으로 나와! 군인 아저씨처럼 씩씩하게!”

하지만 아무도 움직이지 않았다. 의사 선생님은 손가락으로 다섯 명을 지명했다.

“너, 너, 너, 그리고 너하고 너!”

“왜 우리만 하고 얘는 안 해요?”

조프루아가 알세스트를 가리키며 물었다.

“맞아요!”

뤼퓌스, 클로테르, 맥상과 나는 한꺼번에 말했다.

“의사 선생님이 너, 너, 너, 너하고 너라고 했잖아. 나라고는 안 했어. 그러니까 너하
고, 너, 너, 너, 너, 이렇게 다섯이 가는 거야! 나는 아니라구.”

알세스트가 말했다.

“그래? 하지만 네가 안 가면 얘, 얘, 얘, 얘하고 나도 안 갈 거야!”

조프루아가 대꾸했다.

“그만두지 못하겠니? 너희 다섯 명, 꾸물대지 말고 빨리 올라가! 빨리!”

의사 선생님이 소리를 질렀다.

112

우리는 더이상 버티지 못하고 차 안으로 들어갔다. 차 안은 아주 멋졌다. 의사 선생님 한 명이 우리 이름을 적어넣더니, 윗옷을 벗으라고 했다. 그런 다음, 차례로 유리판 같이 생긴 것 앞에 서게 하더니 금세 다 끝났다며 다시 옷을 입으라고 했다.

"이 차 참 멋지다!"

뤼퓌스가 말했다.

"저 작은 탁자 보여?"

클로테르가 말했다.

"이 차 타고 여행하면 정말 근사하겠다!"

내가 말했다.

"그런데 이 차는 어떻게 운전하는 거지?"

맥상이 물었다.

"함부로 만지면 안 된다! 내려가! 우린 바쁘니까! 자, 어서. 아냐! 뒷문말고 이쪽으로! 이쪽이라니까!"

의사 선생님이 소리쳤다.

하지만 조프루아, 클로테르, 맥상은 벌써 뒷문으로 내려가고 있었다. 그러는 바람에 차 안으로 올라오는 애들하고 뒤섞여 난장판이 되었다. 이미 차에서 내린 뤼퓌스가 다시 줄을 서서 차 안으로 들어가려고 하자 뒷문에 서 있던 의사 선생님이 뤼퓌스를 붙잡았다. 의사 선생님은 뤼퓌스에게

아까 엑스레이를 찍지 않았느냐고 물었다.

"걔가 아니에요. 아까 찍은 사람은 저예요."

알세스트가 말했다.

"네 이름이 뭔데?"

의사 선생님이 물었다.

"뤼퓌스요."

알세스트는 시치미를 떼고 대답했다.

"이거 놓으세요. 아파요!"

계속 붙들려 있던 뤼퓌스가 말했다.

"거기, 너희들! 앞문으로 들어가면 안 돼!"

다른 의사 선생님이 소리쳤다.

의사 선생님들은 수많은 아이들을 올라가게 하고 내려가게 하며 계속 일을 했다. 알세스트는 그중 한 의사 선생님을 붙잡고 자기는 이미 맹장을 떼어냈기 때문에 엑스레이를 찍을 필요가 없다고 한참 동안 설명을 늘어놓았다. 그러고 있는데, 차 운전기사 아저씨가 운전석 창으로 얼굴을 내밀며 너무 늦었다며 그만 가자고 했다.

"가지! 한 명만 빼고 전부 다 찍었어. 알세스트라는 녀석인데, 오늘 결석한 것 같아!"

차 안에 있던 의사 선생님이 말했다.

차가 출발했다. 보도 위에서 알세스트와 옥신각신하던 의사 선생님이 차가 떠나는 소리에 뒤를 돌아보고는 소리쳤다.

"어이! 기다려! 기다리라고!"

하지만 차에 타고 있는 사람들은 그 소리를 듣지 못했다. 모두가 소리를 치고 있어서 그랬을 거다. 남겨진 의사 선생님은 굉장히 화를 냈다.

그래도 의사 선생님들하고 우린 서로 손해본 게 없었다. 의사 선생님들이 동료 한 명을 놓고 간 대신 우리 친구 한 명을 데려갔으니까. 차 안에 남아 구경하고 있던 조프루아 말이다.

새로 생긴 서점

학교에서 아주 가까운 곳에 서점이 새로 문을 열었다. 전에 세탁소가 있던 자리였다. 학교가 끝나고 나서 친구들과 함께 가보았다.

서점 진열대에는 새로 나온 잡지, 신문, 책들에 만년필까지 가득 놓여 있었다. 아주 근사했다. 우리는 문을 열고 들어가보기로 했다. 우리가 들어오는 것을 본 주인 아저씨가 환하게 미소를 지으며 말했다.

"저런, 저런! 손님들이 오셨구먼. 이 옆에 있는 학교에 다니는 애들이냐? 앞으로 좋은 친구가 되겠구나. 나는 에스카르비유라고 한단다."

"전 니콜라예요."

내가 말했다.

"전 뤼퓌스구요."

뤼퓌스가 말했다.

"전 조프루아예요."

조프루아도 말했다.

그때 어떤 아저씨가 들어와서 "『서양의 사회 경제 문제』라는 잡지 있습니까?" 하고 물었다.

"전 맥상이에요."

맥상이 말했다.

"예. 어, 반갑구나, 애야. 아, 금방 찾아드리죠, 손님."

에스카르비유 아저씨는 잡지 더미를 뒤적이기 시작했다.

그때 알세스트가 아저씨에게 물었다.

"저기 있는 공책 얼마예요?"

"응? 뭐라고? 아! 저거 말이냐? 오십 프랑이란다."

에스카르비유 아저씨가 대답했다.

"학교에서는 삼십 프랑에 파는데요."

알세스트가 말했다.

그 말을 듣고 에스카르비유 아저씨는 아까 들어온 아저씨가 말한 잡지 찾는 걸 멈추고 돌아서며 말했다.

"뭐라고? 삼십 프랑? 백 페이지짜리 공책이?"

"아! 그건 아니죠. 학교에서 파는 건 오십 페이지짜리예요. 저 공책 좀 봐도 돼요?"

알세스트가 물었다.

"그럼. 하지만 먼저 손을 닦도록 해라. 샌드위치 때문에 손에 버터가 잔뜩 묻었구나."

에스카르비유 아저씨가 대답했다.

"이봐요. 내가 찾는 잡지 있는 거요, 없는 거요?"

『서양의 사회 경제 문제』를 사려고 하는 아저씨가 재촉했다.

주인 아저씨가 대답했다.

"있습니다, 손님. 있고말고요. 곧 찾아드리죠. 새로 가게를 열어놔서 아직 정돈이 안 끝났거든요. 아니, 너 거기서 뭐 하는 거야?"

"공책 좀 보려구요. 아저씨가 바쁜 것 같아서 내가 직접 꺼내려는 거예요. 백 페이지짜리 공책 말예요."

계산대 뒤로 들어가고 있던 알세스트가 대답했다.

"안 돼! 건드리지 마라! 잘못하면 전부 무너져! 그거 정리하고 쌓아놓느라고 밤을 꼬박 새웠단 말이야. 자, 공책 여기 있다. 그리고 그 크루아상 부스러기 좀 떨어뜨리지 마라!"

에스카르비유 아저씨가 소리쳤다.

이어 에스카르비유 아저씨는 잡지 하나를 집어들고 말했다.

"아! 여기 있습니다. 월간 『서양의 사회 경제 문제』."

하지만 그 잡지를 찾던 아저씨는 이미 가버린 후였다. 에스카르비유 아저씨는 크게 한숨을 내쉬고는 잡지를 도로 제자리에 갖다 놓았다.

"이거 봐! 이건 우리 엄마가 매주 읽는 잡지야."

뤼퓌스가 어떤 잡지를 손가락으로 가리키며 말했다.

"그거 잘됐구나. 이제부턴 네 엄마도 우리 가게에서 잡지를 살 수 있을 테니 말이다."

에스카르비유 아저씨가 말했다.

"아뇨. 우리 엄만 절대로 잡지 안 사요. 우리 옆집에 사는 부아타플뢰르 아줌마가 먼저 다 읽고 나서 우리 엄마한테 줘요. 그리고 부아타플뢰르 아줌마도 잡지를 사지는 않아요. 매주 우편으로 받아 본다구요."

뤼퓌스가 말했다.

에스카르비유 아저씨는 아무 말 없이 뤼퓌스를 바라보았다. 그때 조프루아가 내 팔을 잡아당기며 "이리 와봐" 하고 말했다. 그래서 가보니, 한쪽 벽에 만화책이 엄청 많이 쌓여 있었다. 굉장했다! 처음엔 표지만 구경했지만 책 속도 보고 싶었다. 하지만 비닐로 싸여 있어서 잘 열 수가 없었다. 비닐까지 벗겨내지는 못했다. 주인 아저씨가 싫어할 것 같았기 때문이다. 아저씨를 성가시게 하고 싶지는 않았다.

"이것 좀 봐. 이 만화책 우리집에 있는 거야. 붕붕 날아다니는 비행사들 이야기인데, 그 중 한 명이 아주 용감한 사람이야. 그런데 나쁜 놈들이 그 비행사가 탄 비행기를 추락시키려고 매번 계략을 꾸며. 그래서 결국 비행기가 추락을 하게 되는데, 그 안에 타고 있던 사람은 사실은 비행사가 아니라 비행사의 친구였어. 사람들은 그 비행사가 친구를 없애버리려고 비행기를 추락시켰다고 생각해. 하지만 그건 사실이 아니지. 결국 나중에 비행사가 진짜 악당들을 잡아내는 걸로 끝나. 너도 이 만화 봤어?"

조프루아가 나를 보며 말했다.

"아니. 내가 본 건 카우보이 만화책이야. 폐광 이야기가 나오는 거 말야. 카우보이가 그 광산에 도착하자 복면을 쓴 악당들이 총을 쏘아대는 거야. 빵! 빵! 빵!"

내가 대답했다.

"너희들 거기서 뭐 하는 거냐?"

에스카르비유 아저씨가 회전 진열대를 갖고 장난치던 클로테르를 말리다 말고 우리 쪽을 돌아보며 외쳤다. 회전 진열대란 책을 진열해놓는 선반인데, 이리저리 돌아가게 만든 거다.

"애한테 내가 읽은 만화책 얘기 해주고 있어요."

내가 에스카르비유 아저씨에게 대답했다.

"여기 그 만화책도 있어요?"

조프루아가 물었다.

"무슨 이야기가 나오는 거라고?"

에스카르비유 아저씨가 손가락으로 머리카락을 쓸어올리며 물었다.

"카우보이가 어떤 버려진 광산 마을에 도착하는데요, 그때 광산에서 그를 기다리고 있던 사람들이……."

"나도 그 책 봤어! 악당들이 총을 쏘아대기 시작하지. 빵! 빵!……"

외드가 외쳤다.

나는 외드의 말을 이어 받아 말했다.

"그리고 나서 보안관이 이렇게 말하는 거야. '이보게, 친구. 우린 호기심 많은 녀석을 별로 좋아하지 않는다네.'"

"맞아. 그 다음엔 그 카우보이도 자기 권총을 빼서는, 빵! 빵! 빵!"

외드가 말했다.

"그만 해!"

에스카르비유 아저씨가 소리쳤다.

"난 비행사 이야기가 더 좋아. 붕붕! 부우웅!"

조프루아가 말했다.

"웃기지 마. 비행사 이야기 같은 건 내 카우보이 이야기에 대면 아무것도 아니야!"

내가 말했다.

"아, 그러셔? 웃기지 마. 네 카우보이 이야기야말로 형편없다구!"

조프루아가 으르렁댔다.

"얘들아!"

에스카르비유 아저씨가 소리쳤다.

바로 그때 와르르, 하는 소리가 들려왔다. 책더미가 무너진 거다.

"살짝밖에 안 건드렸어요!"

얼굴이 새빨개진 클로테르가 말했다.

에스카르비유 아저씨는 기분이 굉장히 안 좋은 것 같았다.

아저씨가 말했다.

"좋아. 더는 못 참겠다! 너희들 지금부터 아무것도 손대지 마. 도대체 책은 살 거냐, 안 살 거냐?"

"구십구…… 백! 우와! 이 공책 정말 백 페이지짜리네. 농담이 아니었네요. 저 같으면 이 공책 사겠어요."

알세스트가 말했다.

에스카르비유 아저씨가 알세스트 손에서 공책을 빼앗았다. 알세스트의 손이 워낙 미끄러웠기 때문에 공책은 쑥 빠져나왔다.

"아, 이런! 전부 손가락 자국이 나 있잖아! 안된 일이지만 할 수 없지. 오십 프랑 내라.”

공책을 검사하고 난 아저씨가 말했다.

“좋아요. 하지만 지금은 한푼도 없어요. 집에 가서 저녁 먹을 때 아빠한테 달라고 해 볼게요. 하지만 너무 기대하진 마세요. 어제 내가 말썽을 피워서 우리 아빠가 벌 준다고 했거든요.”

알세스트가 말했다.

시간이 많이 지난 것 같아서 우리는, “안녕히 계세요, 에스카르비유 아저씨!” 하고

외치며 서점을 나왔다. 에스카르비유 아저씨는 인사도 받지 않고, 알세스트가 살지 어쩔지 모르는 공책만 들여다보고 있었다.

새로 생긴 서점은 내 마음에 들었다. 이제 거기 가면 환영을 받을 거다. 우리 엄마가 평소에 "상인들과는 친하게 지내야 한다. 그러면 나중에 기억하고 친절하게 대해준단다" 하고 말했으니까 말이다.

나 아파!

병이 난 뤼퓌스

수업중이었다. 우리는 아주 어려운 산수 문제를 풀고 있었다. 어떤 농부가 엄청 많은 달걀이랑 사과를 파는 문제였다. 갑자기 뤼퓌스가 손을 들어올렸다.

"무슨 일이지, 뤼퓌스?"

선생님이 물었다.

"밖에 나가도 돼요, 선생님? 몸이 아파서요."

뤼퓌스가 대답했다.

선생님은 뤼퓌스에게 교탁 앞으로 나오라고 했다. 선생님은 뤼퓌스를 찬찬히 보더니 이마에 손을 얹어보고는 "정말 아픈 것 같구나. 양호실에 가보도록 해라" 하고 말했다.

뤼퓌스는 아주 만족스러운 표정으로 교실을 나섰다. 남은 문제를 풀지 않아도 되었기 때문인 것 같았다. 클로테르도 손을 들었다. 하지만 선생님은 클로테르에게는 숙제만 내주었다. '산수 문제를 풀지 않으려고 꾀병을 부리면 안 됩니다' 라는 문장에 나오는 동사를 모든 시제와 법에 따라 변화시켜오라는 거였다.

쉬는 시간에 운동장에 내려가니 뤼퓌스가 있었다. 우리는 뤼퓌스 주위로 모였다.

"양호실에 갔었니?"

내가 물었다.

"아니. 쉬는 시간까지 숨어 있었어."

뤼퓌스가 대답했다.

"왜 안 갔는데?"

외드가 물었다.

"정신 나갔냐? 지난번에 양호실에 갔을 때 무릎에 소독약을 발라줘서 얼마나 아팠는데."

뤼퓌스가 대답했다.

조프루아가 뤼퓌스에게 진짜로 아픈 거냐고 물었다. 그러자 뤼퓌스는 따귀 한 대 맞고 싶으냐고 했다. 그걸 보고 클로테르가 낄낄 웃었다. 그 다음에 누가 무슨 말을 했고 어떤 일이 있었는지는 잘 생각이 안 난다. 하여튼 순식간에 싸움이 벌어졌고, 뤼퓌스는 바닥에 앉아 우리를 바라보며 "잘한다! 잘한다!"라고 소리치고 있었다.

언제나처럼 알세스트와 아냥은 싸움에 끼지 않았다. 아냥은 수업 시간에 배운 걸 복습하고 있었다. 그렇지 않았다 해도 안경을 꼈기 때문에 때려줄 수가 없다. 그리고 알세스트는 쉬는 시간이 끝나기 전까지 샌드위치 두 개를 다 먹어야 했다.

이윽고 무샤비에르 선생님이 달려왔다. 무샤비에르 선생님은 새로 오신 학생주임 선생님인데, 나이는 별로 많지 않고, 진짜 학생주임인 부이옹 선생님을 도와 쉬는 시간에 우리를 감독하고 있다. 우리가 꽤 착한 편이긴 해도 쉬는 시간 동안 아이들을 감독하는 건 그리 쉬운 일은 아닐 거다.

"어디 보자, 이 녀석들. 또 무슨 일이지? 방과후에 모두 남아야겠구나!"

무샤비에르 선생님이 말했다.

"전 아니에요. 전 아프단 말이에요."

뤼퓌스가 말했다.

"그러시겠지." 조프루아가 빈정거렸다.

"너 한 대 맞고 싶어?" 뤼퓌스가 조프루아한테 화를 냈다.

"조용히! 조용히 해! 안 그러면 모두

다 아프게 만들어줄 테니까!"

무샤비에르 선생님이 소리쳤다.

우리는 더이상 아무 말도 할 수 없었다. 무샤비에르 선생님이 뤼퓌스에게 가까이 와 보라고 했다.

"무슨 일이냐?"

무샤비에르 선생님이 뤼퓌스에게 물었다.

뤼퓌스는 몸이 안 좋은 것 같다고 대답했다.

"부모님께 말씀은 드렸니?"

무샤비에르 선생님이 물었다.

"네. 아침에 엄마한테 말했어요."

뤼퓌스가 대답했다.

"그래? 그런데도 엄마가 그냥 학교에 가라고 했단 말이니?"

무샤비에르 선생님이 다시 물었다.

"그게 말이죠…… 저는 매일 아침 엄마한테 몸이 아프다고 하거든요. 그래서 엄마는 내 말을 안 믿어요. 하지만 이번엔 거짓말이 아니라구요."

뤼퓌스가 설명했다.

무샤비에르 선생님은 뤼퓌스를 잠시 바라보더니, 머리를 긁적이고 나서 그럼 양호 실로 가야 되겠다고 했다.

"안 돼요."

뤼퓌스가 소리쳤다.

"뭐라고? 안 돼? 몸이 아프면 양호실에 가야지. 선생님이 시키면 시키는 대로 해야 하는 거야!"

무샤비에르 선생님이 소리치며 뤼퓌스의 팔을 잡아끌었다. 뤼퓌스는 소리를 지르기 시작했다.

"싫어요! 싫어요! 안 갈래요! 안 갈 거라구요!"

뤼퓌스는 땅바닥에 벌렁 드러누워 발버둥을 치며 울었다.

"때리지 마세요. 아프다잖아요."

마침 샌드위치를 다 먹고 난 알세스트가 말했다.

무샤비에르 선생님은 눈을 커다랗게 뜨고 알세스트를 바라보았다.

"내가 저 애를 때렸……."

선생님은 말을 하다 말고 얼굴이 새빨개지더니 알세스트에게 네가 상관할 바 아니라면서, 벌로 방과후에 남으라고 했다.

"이럴 수가! 정말 말도 안 돼! 저 멍청한 녀석이 아프다는 이유로 내가 벌을 받아야 한다구요?"

알세스트가 외쳤다.

그 말을 듣자 뤼퓌스가 울음을 멈추고 말했다.

"너 한 대 맞고 싶냐?"

"그런가 봐."

조프루아가 끼어들었다.

그렇게 해서 또 한바탕 싸움이 벌어졌다. 뤼퓌스는 또다시 바닥에 주저앉아 우리가 싸우는 걸 구경했다. 그러고 있는데, 부이옹 선생님이 달려왔다.

"아니, 무샤비에르 선생. 무슨 일이 있나요?"

부이옹 선생님이 물었다.

외드가 얼른 끼어들었다.

"뤼퓌스가 아파서 그래요."

"너한테 물은 게 아니다. 무샤비에르 선생님, 이 녀석에게 벌을 주도록 하세요."

부이옹 선생님이 말했다.

무샤비에르 선생님은 외드도 방과후에 남으라고 했다. 그러자 알세스트는 굉장히 좋아했다. 방과후에 남을 때 친구랑 같이 있으면 훨씬 낫기 때문이다.

이어서 무샤비에르 선생님은 부이옹 선생님에게, 뤼퓌스가 양호실에 안 가려고 하며, 알세스트는 감히 자기더러 뤼퓌스를 때리지 말라는 말을 했다고, 하지만 자기는 절대로 뤼퓌스를 매질한 적이 없다고, 이 녀석들은 못 말리는, 못 말리는, 정말 못 말리는 녀석들이라고 설명했다. 무샤비에르 선생님은 못 말린다는 말을 세 번이나 했다. 무샤비에르 선생님 목소리가 내가 말썽을 부려 화가 났을 때의 엄마 목소리하고 비슷했다.

부이옹 선생님이 한 손으로 턱을 만지더니, 이윽고 무샤비에르 선생님의 팔을 잡고 약간 떨어진 곳으로 데리고 갔다. 부이옹 선생님은 무샤비에르 선생님 어깨에 팔을 올려놓고 오랫동안 이야기를 했다. 그리고 나서 다시 우리에게로 왔다.

"여보게, 내가 하는 걸 잘 봐."

부이옹 선생님이 입가에 커다란 미소를 지으며 무샤비에르 선생님에게 말하고는, 뤼퓌스 쪽으로 몸을 돌려 손짓을 하면서 코미디 하지 말고 얌전하게 양호실로 가자고 했다.

"싫어요!"

뤼퓌스가 소리쳤다. 그리고는 바닥에 벌렁 드러누워 또 발버둥을 쳤다.

"절대로 안 가요! 절대로! 절대로!"

"억지로 강요하면 안 돼요."

조아생이 말했다.

그 뒤엔 큰일이 벌어졌다. 부이옹 선생님이 엄청 시뻘게진 얼굴로 조아생에게 수업 끝나고 남으라고 했으니 말이다. 그 말을 듣고 맥상이 웃자, 부이옹 선생님은 맥상한테도 남으라고 했다. 하지만 진짜로 놀라운 일은 무샤비에르 선생님이 그걸 보고 빙그레 웃었다는 거다.

부이옹 선생님이 뤼퓌스에게 다시 한번 말했다.

"지금 당장, 양호실로 가! 군소리하면 알지!"

뤼퓌스는 더이상 장난치면 안 되겠다고 생각했는지 그렇게 하겠다고 대답했다. 무릎에 소독약만 안 바르게 해달라면서 말이다.

"소독약? 소독약은 바르지 않을 거다. 하지만 다 낫거든 다시 나한테 오도록 해라.

남은 계산을 치러야 할 테니까. 자, 무샤비에르 선생님과 함께 가거라."

부이옹 선생님이 말했다.

우리들은 모두 양호실 쪽으로 걸어가기 시작했다. 그러자 부이옹 선생님이 외쳤다.

"다 가는 게 아니야! 뤼퓌스만 가란 말이다! 양호실은 놀이터가 아니야! 그리고 너희 친구 병은 아마도 전염성인 것 같다구!"

우리는 그 말을 듣고 모두 까르르 웃었다. 겁쟁이 아냥만 빼고 말이다.

이윽고 쉬는 시간이 끝나서 부이옹 선생님이 종을 쳤다. 우리는 다시 교실로 들어갔고, 무샤비에르 선생님은 양호실에 다녀온 뤼퓌스를 집에 데려다주었다. 뤼퓌스는 정말 운이 좋았다. 문법 시간에 집에 가다니 말이다.

다행히 그 병은 그렇게 심각한 문제를 남기지는 않았다. 뤼퓌스하고 무샤비에르 선생님만 홍역에 걸렸으니 말이다.

육상 경기

앞에서 여러분에게 우리 동네에 공터가 있다는 걸 이야기했었는지 모르겠다. 우리는 자주 거기 가서 노는데, 정말 굉장한 곳이다! 풀밭이 있고, 돌멩이들도 있고, 낡은 침대 하나, 그리고 자동차도 한 대 있다. 바퀴는 없지만 그래도 멋지다. 우린 그걸 붕붕 나는 비행기로 쓰기도 하고 부릉부릉 달리는 버스로 쓰기도 한다. 나무 상자들도 있고, 가끔씩 고양이들도 보인다. 하지만 고양이들하고는 같이 놀기가 힘들다. 우리가 오는 걸 보기만 하면 얼른 사라져버리기 때문이다.

우린 다같이 그 공터에 모여 뭘 하며 놀지 생각하고 있었다. 알세스트의 축구공은 학기말까지 압수되어버렸기 때문이다.

"전쟁 놀이 할까?"

뤼퓌스가 물었다.

"전쟁 놀이 하면 꼭 싸움이 나잖아. 아무도 적군을 안 하려고 해서 말야."

외드가 대답했다.

"아, 좋은 생각이 났다. 육상 경기를 하면 어떨까?"

클로테르가 말했다. 클로테르는 우리에게 육상 경기에 대해 설명해주었다. 자기가 텔레비전에서 봤는데, 아주 멋지더라는 거였다. 갖가지 경기가 벌어지고, 많은 사람이 경쟁을 하고, 그중 가장 잘한 사람이 챔피언이 되어 시상대에 올라가 메달을 받는다고 했다.

"시상대하고 메달이라고? 그걸 어디서 구하는데?"

조아생이 물었다.

"있다고 하고 흉내만 내면 되지."

클로테르가 대답했다.

"그럼 첫번째 시험은 높이뛰기로 하자."

클로테르가 말했다.

"난 높이뛰기 안 해."

알세스트가 대답했다.

"해야 돼. 모두 다같이 해야 된다구!"

클로테르가 소리쳤다.

"안 돼. 난 지금 빵 먹고 있잖아. 높이뛰기를 하면 배가 아플 거야. 그러면 저녁 먹기 전까지 이 빵들을 다 못 먹을 거라구. 그러니까 난 높이뛰기 안 할 거야."

알세스트가 설명했다.

"좋아. 그럼 넌 끈을 잡고 있어. 참, 뛰어넘을 끈도 하나 있어야겠다."

클로테르가 말했다.

우리는 주머니를 뒤져보았다. 구슬, 단추, 우표 몇 장, 그리고 캐러멜이 하나 나왔다. 하지만 끈은 없었다.

"허리띠로 하면 되지 뭐."

조프루아가 말했다.

"그건 안 돼. 바지를 붙잡고 높이뛰기를 할 수는 없잖아."

뤼퓌스가 말했다.

"알세스트는 높이뛰기 안 할 거니까 알세스트가 허리띠 빌려주면 되겠다."

외드가 나서서 말했다.

"난 허리띠 안 해. 난 허리띠 안 해도 바지가 흘러내리지 않는다구."

알세스트가 대답했다.

"그럼 땅바닥에 떨어진 끈이 있나 내가 한번 찾아볼게."

조아생이 말했다.

그러자 맥상은 공터에서 끈을 찾는다는 건 정말 웃기는 일이라며, 끈쪼가리 찾느라

고 오후 시간을 다 보내느니 차라리 다른 걸 하는 게 낫겠다고 했다.

"애들아, 여기 좀 봐!"

갑자기 조프루아가 소리쳤다.

"나 좀 봐! 나 좀 보라구! 그러지 말고 우리, 누가 물구나무선 채 오랫동안 걸을 수 있나 시합할까?

그러더니 조프루아는 거꾸로 선 채 걷기 시작했다. 아주 잘했다. 하지만 클로테르는, 육상 경기 중에 물구나무서서 걷기 시합 같은 건 본 적이 없다며, 조프루아는 왜 그렇게 멍청한지 모르겠다고 했다.

그러자 조프루아가 물구나무서서 걷는 걸 멈추고 물었다.

"멍청이? 누가 멍청이라구?"

이어 조프루아는 몸을 바로 세우고는 클로테르와 싸우려고 했다.

"애들아, 내 말 좀 들어봐. 싸움이나 할 거면 공터까지 올 필요가 없잖아. 그런 건 학교에서도 할 수 있어."

뤼퓌스가 말했다.

옳은 말이었다. 클로테르와 조프루아는 싸움을 멈췄다. 하지만 조프루아는 클로테르에게 언제 어디서 어떻게 결투할 건지만 결정하라고 큰소리를 쳤다.

"그런다고 내가 무서워할 줄 알면 오산이야, 빌. 우리 카우보이들은 너 같은 코요테들을 어떻게 다뤄야 하는지 잘 알고 있지."

클로테르가 말했다.

그러자 알세스트가 물었다.

"우리 카우보이 놀이 하는 거야, 아니면 높이뛰기 하는 거야?"

"넌 끈 없이 높이뛰기 하는 거 본 적 있냐?"

맥상이 말했다.

"그렇지, 카우보이. 어서 총을 뽑아라!"

조프루아가 말했다. 그러더니 손가락을 권총처럼 겨누며 빵! 빵! 소리를 냈다. 뤼퓌스가 두 손으로 배를 움켜쥐고 "네가 이겼다, 톰!" 하고 말하고는 풀밭에 쓰러졌다.

"끈이 없어서 높이뛰기는 할 수 없으니까 달리기 시합을 하자."

클로테르가 말했다.

"끈만 있다면 장애물 경주도 할 수 있을 텐데."

맥상이 끼어들었다.

클로테르는, 어쨌든 끈은 구할 수가 없으니까, 울타리부터 자동차 있는 데까지 백 미터 달리기를 하자고 했다.

"그게 백 미터가 되긴 되는 거야?"

외드가 물었다.

"되건 안 되건 무슨 상관이야? 자동차 있는 데 먼저 도착한 사람이 백 미터 우승자가 되는 거지 뭐."

클로테르가 대답했다.

그러나 맥상은 진짜 백 미터 경주는 그렇게 하는 게 아니라고 했다. 진짜 경주에서는 도착 지점에 끈이 있어서, 우승자가 가슴으로 그 끈을 끊는다는 거였다. 그러자 클로테르가 맥상에게 그 잘난 끈 갖고 트집만 잡고 있다고 했고, 맥상은 끈이 없으면 육상 경기를 할 수 없는 거라고 우겼다. 화가 난 클로테르는 자기는 끈은 없지만 주먹이 있으니, 맥상 얼굴을 한 대 때려줄 수도 있다고 했다. 맥상은 어디 한번 그렇게 해보라고 했다. 클로테르가 그렇게 하려고 했지만, 맥상이 먼저 발길질을 하는 바람에 빗나가고 말았다.

싸움이 끝난 후에도 클로테르는 엄청 화가 나 있었다. 클로테르는 우리가 육상 경기

에 대해 아무것도 모르는 무식한 녀석들이라고 했다. 그때, 조아생이 아주 만족스러운 표정으로 다가왔다.

"이봐, 애들아! 여기 좀 봐! 내가 철사를 찾아냈어!"

클로테르는 아주 잘됐다면서, 이제 육상 경기를 계속 할 수 있겠다고 말했다. 높이 뛰기랑 달리기는 대충 해봤으니까 이번엔 투포환을 하자고 했다. 클로테르가 우리에게 투포환이 무엇인지 설명했다. 진짜 대포알은 아니지만 무게가 많이 나가는, 대포알 같이 생긴 쇳덩이를 끈에 매달아 빠르게 빙빙 돌리다가 던지는 경기라고 했다. 가장 멀리 던진 사람이 우승자라고 했다. 클로테르가 철사에 돌멩이를 매달아 투포환을 만들었다.

"내가 먼저 할 거야. 내가 생각해낸 거니까. 얼마나 잘 던지는지 잘 봐!"

클로테르가 말했다. 그리고는 돌멩이가 달린 끈을 잡고 제자리에서 한참 빙글빙글 돌더니 손을 놓았다.

하지만 우리는 육상 경기를 중단해야 했다. 나중에 클로테르는 자기가 챔피언이라고 주장했지만, 다른 애들은 아니라고 했다. 클로테르말고는 아무도 던져본 사람이 없기 때문에 누가 이겼는지 알 수 없다는 거였다.

하지만 내가 보기엔 클로테르 말이 옳은 것 같다. 어찌 되었든 클로테르가 이겼을 거다. 그애가 던진 가짜 쇠공은 우리가 있던 공터에서 저 멀리 콩파니 아저씨네 야채 가게까지 날아갔으니 말이다.

앙호

수업 시간에 친구들과 이야기하는 게 쉽지 않다는 건 여러분도 잘 알고 있을 것이다. 물론 옆자리에 앉은 친구하고는 이야기할 수 있지만, 아무리 조그만 소리로 이야기해도 선생님은 꼭 알아듣고 이렇게 말한다. "그렇게 말이 하고 싶으면 칠판 앞으로 나와요. 칠판 앞에 서서도 떠들 생각이 나는지 한번 볼 테니!" 그리고 나서 선생님은 도청 소재지들을 말해보라고 시킨다. 사건은 이런 식으로 해서 생기는 거다. 물론 말하고 싶은 내용을 쪽지에 써서 전달할 수도 있다. 하지만 선생님은 그 쪽지가 돌아다니는 걸 보게 될 거고, 쪽지를 가지고 앞으로 나오라고 할 거다. 그 다음엔 쪽지를 들고 교장 선생님한테 가야 한다. 쪽지에는 이렇게 써 있을 거다. '뤼프스는 정말 바보야. 전달.' 아니면 '외드는 못생겼어. 전달.' 교장 선생님은 야단을 치실 거다. 이렇게 수업 시간에 딴 짓만 하면 나중에 일자무식이 된다는 둥, 감옥에서 최후를 맞이하게 될 거라는 둥, 너희를 잘 키우려고 피땀을 흘리시는 부모님 마음을 아프게 하고 말 거라는 둥…… 그리고는 방과후에 남으라고 할 거다!

오늘 1교시 끝나고 쉬는 시간에 조프루아가 아주 멋진 아이디어를 내놓은 건 바로 이런 이유 때문이었다.

"내가 아주 굉장한 걸 발명했어. 바로 암호야. 우리끼리만 이해할 수 있는 거지."

조프루아는 이렇게 말한 후, 자세히 설명하기 시작했다. 각 글자마다 몸짓이 하나씩 있다는 거였다. 손가락을 코에 대면 a, 왼쪽 눈에 대면 b, 오른쪽 눈에 대면 c, 이런 식이다. 이렇게 해서 z까지 간다. 귀를 긁는 것, 턱을 만지는 것, 손바닥으로 머리를 툭툭 치는 것 등 여러 가지 다른 몸짓으로 각각 그에 해당하는 알파벳을 나타내는 거다. 맨 끝에 있는 z는 사팔눈을 하는 거다. 정말 대단한 발명이었다!

하지만 클로테르는 별로 달가워하지 않았다. 알파벳 자체가 이미 암호라며, 수업 시간에 친구들하고 이야기하기 위해 철자법을 새로 배우느니, 차라리 쉬는 시간까지 기다리겠다고 했다. 아냥은 암호 이야기에 전혀 관심이 없었다. 반에서 일등이고 선생님의 귀염둥이이기 때문에 선생님 말씀을 듣고 질문에 대답하는 게 더 좋은 거다. 아냥은 정말 바보다!

나머지 애들은 모두 아주 멋진 아이디어라고 했다. 암호는 쓸모도 많을 거다. 적하고 싸울 때 적들 모르게 우리끼리 여러 가지 말을 주고받을 수도 있을 거고, 그러면 승리는 우리 것이 될 거다.

우리는 조프루아에게 암호를 가르쳐달라고 했다. 모두들 조프루아 주위에 둘러섰고, 조프루아는 자기를 따라하라고 했다. 조프루아가 손가락 하나를 코에 댔다. 우리도 손가락을 코에 댔다. 조프루아가 손가락 하나를 눈에 댔다. 우리도 손가락을 눈에 댔다. 우리가 모두 사팔눈을 하고 있을 때 무샤비에르 선생님이 왔다. 무샤비에르 선생님은 새로 오신 학생주임 선생님인데, 나이는 별로 많지 않다. 고학년 형들보다야 많지만, 아주 많지는 않은 것 같다. 학생주임 선생님이 된 것도 이번이 처음인 것 같았다.

"너희들, 무슨 장난을 치는 건지는 안 물어보겠다. 하지만 계속 그러고 있으면, 자유 학습일인 목요일 날 전부 학교에 나오게 하겠어. 알아들었지?"

무샤비에르 선생님이 말했다. 그리고 나서 선생님은 가버렸다.

"좋아. 암호는 모두 외웠겠지?"

조프루아가 물었다.

"그런데 b하고 c가 어려워. 오른쪽 눈인지 왼쪽 눈인지로 구별하는데, 나는 오른쪽 왼쪽을 항상 틀리거든. 우리 엄마도 그래. 아빠 차를 운전할 때 항상 틀린다구."

조아생이 말했다.

"아, 그런 건 괜찮아."

조프루아가 말했다.

"뭐라고! 그게 어떻게 괜찮아? 만약에 내가 너한테 '멍청이'라고 하고 싶은데 '청멍이'라고 되면 어떻게 해?"

조아생이 다시 말했다.

"누구한테 멍청이라고 하고 싶다고, 이 멍청아?"

조프루아가 큰 소리로 물었다. 하지만 그애들은 싸울 시간이 없었다. 무샤비에르 선생님이 쉬는 시간 끝나는 종을 쳤기 때문이다. 무샤비에르 선생님이 감독을 맡게 된 다음부터는 쉬는 시간이 점점 짧아진다.

교실에 들어가려고 줄을 맞추어 서고 있는데 조프루아가 말했다.

"수업 시간에 내가 암호로 신호를 보낼게. 누구 누구가 이해했는지 다음 쉬는 시간에 볼 거야. 분명히 말해두는데, 암호를 이해해야만 우리 그룹에 낄 자격이 있는 거라구. 모두 알았지?"

"잘들 한다! 아무짝에도 쓸모없는 암호를 모른다고 날 끼워주지 않기로 결정한 거지? 잘들 하는 짓이야!"

클로테르가 말했다.

무샤비에르 선생님이 와서 클로테르에게 말했다.

"너한테 벌로 동사변화 숙제를 내주겠다. '쉬는 시간 내내 바보 같은 이야기들을 지껄일 시간이 충분히 있었는데도, 교실로 들어가려고 줄을 서 있을 때 떠들어대면 안 됩니다.' 이 문장에 나오는 동사들을 직설법과 가정법으로 변화시켜와."

"거봐. 네가 암호로 이야기했다면 벌도 안 받았을 거라구."

알세스트가 클로테르에게 말했다. 무샤비에르 선생님은 알세스트에게도 똑같은 벌을 주었다. 하여튼 알세스트는 항상 우리를 웃게 해준다!

수업 시간에 선생님은 공책을 꺼내 선생님이 칠판에 쓰는 문제를 베끼라고 했다. 집에 가서 풀어오라는 거였다. 산수 숙제는 정말 귀찮다. 특히 우리 아빠한텐 말이다. 아빠는 회사에서 돌아오면 피곤해서 산수 숙제를 할 마음이 별로 없기 때문이다. 선생님이 칠판에 문제를 쓰는 동안 우리는 일제히 조프루아를 쳐다보며 그애가 신호를 보내기만 기다렸다. 이윽고 조프루아가 신호를 보내기 시작했다. 하지만 이해하기가 쉽지 않았다. 너무 빨리 해서 말이다. 조프루아가 동작을 멈추고 공책에 산수 문제를 베꼈다. 그래도 우리가 계속 쳐다보고 있자 다시 신호를 보냈다. 조프루아가 손가락을 귀에 넣고 다른 손으로는 머리를 두드리는 걸 보고 있자니 정말 우스웠다.

조프루아가 보낸 신호는 굉장히 길었다. 그걸 보느라 문제 베낄 시간도 없었다. 한 글자라도 놓치면 무슨 말인지 알아듣지 못할 것 같아서 계속 쳐다보고 있어야 했다. 게다가 조프루아 자리는 교실 저 뒤쪽이었다.

조프루아는 머리를 긁어서 i자를, 혓바닥을 내밀어 t자를 만들었다. 그러다가 갑자기 눈을 크게 뜨더니, 동작을 멈추었다. 고개를 돌려보니 선생님이 칠판에 글씨 쓰는 걸 멈추고 조프루아를 바라보고 있었다.

"그래, 조프루아. 나도 네 친구들처럼 너의 그 바보 짓을 보고 있었어. 이제 그만하면 됐지? 뒤에 가서 서 있어. 쉬는 시간도 몰수하겠다. 그리고 내일까지 '수업중에 어릿광대 짓을 해서 친구들이 공부하는 것을 방해하지 않겠습니다' 라고 백 번 써와."

선생님이 말했다.

조프루아가 뭐라고 신호를 보낸 건지 우린 하나도 이해하지 못했다. 그래서 방과후에 조프루아가 교실에서 나오기만 기다렸다. 조프루아는 굉장히 화가 나 있었다.

"수업 시간에 보낸 신호가 뭐였니?"

내가 물었다.

"시끄러워! 암호는 이제 끝났어! 다시는 너희랑 얘기 안 할 거야!"

조프루아가 소리쳤다.

조프루아는 다음날이 되어서야 자기가 보낸 신호가 무슨 뜻이었는지 이야기해주었다. 그건 이런 뜻이었다.

"그렇게 계속 나만 쳐다보지 마. 선생님이 눈치 채잖아."

마리 에드비주의 생일

오늘 나는 마리 에드비주의 생일 파티에 초대를 받았다. 마리 에드비주는 여자아이긴 하지만 아주 멋진 애다. 머리는 노란색, 눈은 파란색이고, 피부는 장밋빛이다. 그 애는 우리 이웃에 사는 쿠르트플라크 아저씨네 딸이다. 쿠르트플라크 아저씨는 프티테파르냥 백화점의 신발 코너 지배인이다. 그리고 쿠르트플라크 아줌마는 매일 저녁 피아노를 치며 노래를 부른다. 언제나 같은 곡이다. 타잔 소리하고 비슷해서 우리집에서도 아주 잘 들린다.

엄마가 마리 에드비주에게 줄 선물로 소꿉놀이 세트를 사왔다. 작은 냄비하고 주전

자가 들어 있었다. 이런 장난감을 갖고 과연 재미있게 놀 수 있을지 궁금했다. 엄마는 내게 파란 양복을 입히고 넥타이를 매준 후, 기름을 잔뜩 발라 머리를 빗겨주었다. 그러면서 신사답게, 아주 얌전하게 행동해야 한다고 했다. 그리고 나서 엄마는 나를 마리 에드비주네 집에 데려다주었다. 바로 옆집인데도 말이다. 어쨌든 기분은 좋았다. 나는 생일 파티도 마리 에드비주도 아주 좋아하니까 말이다. 물론 알세스트, 조프루아, 외드, 뤼퓌스, 클로테르, 조아생이나 맥상 같은 학교 친구들도 오는 건 아니지만, 그래도 생일 파티에 가면 언제나 재미있게 놀 수 있다. 과자도 있고, 카우보이 놀이나 경찰과 도둑 놀이도 하고 말이다. 생일 파티는 정말 멋지다.

문을 열어준 건 마리 에드비주의 엄마였다. 아줌마는 내가 와서 놀란 듯 비명을 질렀다. 우리 엄마에게 전화를 걸어 날 초대한 건 아줌마였는데도 말이다. 아줌마는 날 보고는 아주 귀엽다고 말한 후, 내가 가져온 선물 좀 보라고 마리 에드비주를 불렀다. 마리 에드비주가 왔다. 마리 에드비주는 작은 주름이 잔뜩 달린 하얀 드레스를 입고 있었고, 얼굴은 온통 장밋빛이었다. 난 선물을 주면서 굉장히 꺼림칙했다. 틀림없이 내 선물이 형편없다고 생각할 것이기 때문이었다. 아줌마가 우리 엄마에게 이렇게 안 하셔도 되었다고 말했을 땐, 나도 정말 동감이었다. 하지만 마리 에드비주는 소꿉놀이 세트가 무척 마음에 든 것 같았다. 여자애들은 정말 이상하다! 집으로 돌아가면서 엄마는 나한테, 얌전히 굴어야 한다고 다시 한번 말했다.

집 안으로 들어가보니 여자애 두 명이 있었다. 그애들도 모두 주름이 잔뜩 달린 드레스를 입고 있었다. 이름은 멜라니와 유독시였다. 마리 에드비주는 그애들이 자기랑 가장 친한 친구들이라고 했다. 나는 그애들과 악수를 한 후, 구석에 있는 의자에 가서 앉았다. 마리 에드비주는 자기 친구들에게 내가 선물한 소꿉놀이 세트를 보여주었다. 멜라니가 자기도 그런 게 있는데, 자기 것이 더 좋다고 했다. 유독시는 멜라니의 소꿉놀이 세트는 자기가 생일날 받은 식기 세트보다는 좋지 않을 거라고 했다. 그애들 셋은 말다툼을 하기 시작했다.

이어서 누군가가 초인종을 눌렀고, 여자애들 한 무리가 몰려들어왔다. 모두 작은 주름이 잔뜩 달린 드레스를 입고 있었고, 바보 같은 선물을 들고 있었다. 인형을 가져온 애도 한두 명 있었다. 이럴 줄 알았으면 축구공을 가져오는 건데.

"자, 이제 다 온 것 같네. 그럼 식탁으로 가서 간식을 먹도록 하자꾸나."

쿠르트플라크 아줌마가 말했다.

그리고 보니 남자애는 나 혼자였다. 그걸 안 순간 집으로 돌아가고 싶었지만, 그러지는 못했다. 난 얼굴이 뜨거워진 채 식당 안으로 들어갔다. 아줌마는 나를 레옹틴과 베르티유 사이에 앉게 했다. 마리 에드비주는 그애들도 자기하고 가장 친한 친구들이라고 소개했다.

쿠르트플라크 아줌마가 우리 머리에 종이 모자를 씌워

주었다. 내 건 고무줄이 달린, 끝이 뾰족한 광대 모자였
다. 여자애들이 모두 나를 보며 웃었다. 난 얼굴이 달아
올랐다. 넥타이도 답답하게 느껴졌다.

간식은 괜찮았다. 작은 비스킷하고 초콜릿이었다.
이어 조그만 초가 여러 개 꽂힌 생일 케이크가 들어
왔다. 마리 에드비주가 촛불을 끄자 모두 손뼉을 쳤
다. 난 어찌 된 일인지 별로 배가 고프지 않았다. 하루
세 끼 식사 빼고 제일 좋아하는 게 간식 시간인데 말이다. 쉬는 시간에 먹는 샌드위치
만큼이나 간식을 좋아하는데…….

여자애들은 모두들 잘 먹었다. 먹으면서도 쉬지 않고 이야기를 했다. 모두들 한꺼번
에 말을 해서 정신이 하나도 없었다. 그애들은 그런 게 재미있는 것 같았다. 인형에게
과자 먹이는 시늉을 하는 애들도 있었다.

조금 있으니, 쿠르트플라크 아줌마가 거실로 나가자고 했다. 난 거실 한모퉁이에 있
는 의자에 가 앉았다.

마리 에드비주가 거실 한복판으로 나와 뒷짐을 지더니, 작은 새들이 어쩌고저쩌고
하는 시를 낭독했다. 시 낭송이 끝나자 아이들은 일제히 손뼉을 쳤다. 쿠르트플라크
아줌마가 시 낭송도 좋고, 춤이나 노래도 좋으니까 아무나 나와 장기 자랑을 해보라고
했다.

"니콜라가 할 수 있을 것 같은데? 착한 아이니까 분명히 시 낭송도 잘할 거야."

아줌마가 나를 가리키며 말했다. 목구멍에 큰 덩어리가 걸려 있는 것 같았다. 내가 안 하겠다고 고개를 흔들자, 여자애들이 전부 웃어댔다. 광대 모자를 쓰고 도리질하는 내 모습이 웃겼나 보다. 내가 나서지 않자, 베르티유가 들고 있던 인형을 레오카디에게 맡기고 피아노 앞에 가서 앉았다. 혀를 쏙 내밀고는 무슨 곡인지를 연주하더니, 끝에 가서 음을 잊어버렸는지 훌쩍거리며 울기 시작했다. 쿠르트플라크 아줌마가 일어나더니, 그만하면 아주 잘 친 거라면서 우리에게 손뼉을 치라고 했다. 모두들 손뼉을 쳤다.

그 다음엔 마리 에드비주가 양탄자 위에 자기가 받은 선물들을 전부 늘어놓았다. 그걸 보더니 여자애들은 소리를 지르며 웃고 야단법석이었다. 내가 보기엔 그 많이 쌓인 선물 더미 중에 쓸 만한 거라고는 하나도 없었는데 말이다. 내가 준 소꿉놀이 세트도 그랬고, 그것보다 좀 더 큰 소꿉놀이 세트, 재봉틀, 인형 옷, 작은 옷장, 다리미 등등 다들 그랬다.

"니콜라, 친구들하고 좀 어울려보렴."

쿠르트플라크 아줌마가 말했다.

하지만 난 아무 말 없이 아줌마를 쳐다보기만 했다. 그러자 쿠르트플라크 아줌마는 손뼉을 한 번 치더니 이렇게 말했다.

"아! 뭘 하면 좋을지 이제 생각났다! 포크 댄스를 하는 거야! 내가 피아노를 칠 테니까 거기 맞춰 춤을 춰봐라!"

난 별로 내키지 않았다. 하지만 쿠르트플라크 아줌마가 내 팔을 끌어당기며 블랑딘과 유독시의 손을 잡게 했다. 우리는 모두 일어나 손에 손을 잡고 둥글게 섰다. 쿠르트플라크 아줌마가 피아노를 치고, 우리는 원을 그리며 돌기 시작했다. 만약 학교 친구들이 이런 내 모습을 본다면 전학을 가는 수밖에 없다는 생각이 들었다.

그러고 있는데 초인종이 울렸다. 우리 엄마가 날 데리러 온 것이다. 엄마를 보니 엄청 반가웠다.

"니콜라는 정말 귀여워요. 저렇게 착한 아이는 처음 봤어요. 좀 수줍음을 타는 것 같긴 하지만, 오늘 온 애들 중에서 제일 예의 바른 아이였어요!"

쿠르트플라크 아줌마가 우리 엄마에게 말했다.

엄마는 약간 놀란 기색이었지만, 이내 만족스러운 표정을 지었다. 집에 돌아와서도 나는 아무 말도 하지 않고 소파에 앉아 있었다. 좀 있으니 아빠가 회사에서 왔다. 아빠는 날 힐끔 보더니 무슨 일이 있었느냐고 엄마에게 물었다.

"일은 무슨 일이요? 난 니콜라가 아주 자랑스러워요. 옆집 여자아이 생일 파티에 초대받아서 갔는데, 남자애는 쟤 혼자였대요. 그런데 쿠르트플라크 부인이 말하길, 거기 온 아이 중 니콜라가 제일 예의 바른 아이였다는 거예요!"

엄마가 말했다.

아빠는 신기한 듯 턱을 문지르더니, 내 광대 모자를 벗기고 머리를 만져보았다. 그리고 나서 손수건을 꺼내 손에 묻은 머릿기름을 닦았다. 아빠가 내게 재미있었냐고 물었다. 그 말을 듣는 순간 난 울음을 터뜨리고 말았다.

아빠는 씩 웃더니, 그날 저녁 나를 영화관에 데려갔다. 아빠와 나는 카우보이들이 잔뜩 나와 권총을 쏘아대며 신나게 싸우는 영화를 보았다.

윤경

1963년 서울에서 태어나 서울대 불어불문학과와 서강대 대학원 불어불문학과를 졸업하고 파리 10대학 불어불문학과 박사과정을 수료하였다. 서강대에서 불문학을 가르치고 프랑스 주재 한국대사관에서 군수무관부 통역을 맡았다.

니콜라 시리즈 4권

꼬마 니콜라와 친구들

1판 1쇄 1999년 12월 20일 | 1판 32쇄 2023년 6월 20일

지은이 장 자크 상페 · 르네 고시니 | 옮긴이 윤경

편집 최정수 | 마케팅 정민호 김도윤 한민아 이민경 안남영 김수현 왕지경 황승현 김혜원 김하연

브랜딩 함유지 함근아 박민재 김희숙 고보미 정승민 배진성 | 저작권 박지영 형소진 최은진 오서영

제작 강신은 김동욱 임현식 이순호 | 제작처 한영문화사

펴낸곳 (주)문학동네 | 펴낸이 김소영 | 출판등록 1993년 10월 22일 제2003-000045호

주소 10881 경기도 파주시 회동길 210 | 전자우편 kids@munhak.com

홈페이지 www.munhak.com | 북클럽 bookclubmunhak.com

카페 cafe.naver.com/mhdn | 인스타그램 @kidsmunhak | 트위터 @kidsmunhak

대표전화 (031)955-8888 | 팩스 (031)955-8855 | 문의전화 (031)955-3576(마케팅) (02)3144-3237(편집)

ISBN 89-8281-243-1 04860 | 89-8281-239-3(세트)